薔薇の味

成澤 昭徳

22世紀アート

目次

第一部　蓮沼家の降霊祭……5
第二部　蛭間神父の犯罪……75
跋……124

第一部　蓮沼家の降霊祭

1

砧は、ある高原の駅に降りた。

その夏の数日間を、蓮沼家の別荘に滞在するためである。蓮沼家とは、砧の叔母（母の妹）の嫁ぎ先の家である。

砧はこの春に医学部精神科を卒業して、病院で実際の診療に携わり始めたばかりだった。しかし、理想家肌の彼は、早くも現実という粗い地肌に触れて、いささか憂鬱になっていたところだった。

そんな折り、従妹の美果から手紙を貰った。

美果とは他に兄弟のいない一人っ子同士ということもあって、子供の頃は兄妹のようによく遊んだ。美果は幼児の頃から神経の過敏な娘であり、しばしば精神科の医者に患っていた。それは一人娘ということで、両親の溺愛によるものかもしれなかった。

砧が精神医学の道を選んだのも、あるいはそんな美果の姿を、身近に見ていたからかもしれない。しかし、砧自身はそのことをどれだけ自覚しているかはわからない。

美果は現在、大学の心理学科に在籍している。

別荘は雑木林を切り開いた、小高い丘の上にあった。外装は白一色に塗られた、英国チューダー王朝風の様式を模倣したという瀟洒な館である。なだらかな傾斜を持つ屋根の上の小さな尖塔と、唐草模様をあしらったテラスが印象的である。

また、この館を他の別荘と際立たせているところは、その夥しい薔薇の花々である。多種の薔薇、極彩色の薔薇が、円型・五角型あるいは星型に刈り込まれて、この館を取り囲んでいる。門のアーチや、薔薇棚はもちろんのこと、館の白壁にまで蔓薔薇を這わせている。ちょっとした薔薇園（rose-garden）という趣なのだ。

その別荘が最初に砧の視界に入った時、それは帆を満開に張った、白い帆船を連想させた。

赤、黄、白、金色、あるいは桃色、緑色らの波の飛沫をあげながら……。

真夏の午後の光と風と空の色が、そんな思いにさせたのだろう。

そしてこれは砧が後で知った事だが、事実、薔薇の種類には、焔の波（flaming waves）と呼ぶ品種があるそうである。とすると、砧の印象もまったく現実離れのしたものではなかったのだ。

砧の目には、庭園に咲き乱れている赤い薔薇の花々は、血の雫のように生々しかった。それは植物というよりも、生物というほうがふさわしかった。触われば血膿を出しそうに熟れていた。

薔薇の花の赤い色は、別荘の外装の白色とよく調和していた。

しかし〈白〉という色は、それほど信頼のおける色であろうか……純白……清純……純潔……というほどに……。

あの薔薇の花の、どんな色にも染まってしまう、恐ろしさを秘めた色ではないのか……。

この薔薇の庭園は、別荘の持主の夫人——つまり、砧の叔母の発案によるものらしかった。

ただ、その薔薇の栽培には、趣味をこえて、何か妄執のようなものが感じられた。

その時、薔薇の花の間から、女性の顔が現われた。白い鍔広の帽子をかぶった女性が、薔薇の花から現われた妖精のように頬笑んでいた。

その女性が美果であることを確認するには、砧にはしばらくの猶予が必要だった。それほどに、数年前に会ったきりの、砧の記憶の中の美果の像と、今目にしている美果とは、焦点の合わないカメラのファインダーを覗いているようにずれていた。

砧の目から見て、美果はすっかり一人の女性に成人していた。あるいは、それは女性特有の豹変というべきだろうか。それは砧の目には眩しいくらいだった。

その夜、美果の心尽しの晩餐が終わると、二人は居間に落ち着いた。久しぶりに幼馴染に再会し、砧は子供の頃に返ったような寛いだ気持ちになった。それは美果も同じだった。砧は夕飯に飲んだビールも手伝ってか、今まで抑えていたものが打ち切れたように、俄に饒舌になった。

「最近こんな症状の患者を扱ったよ。彼は停年を真近に控えたあるサラリーマンなのだが、従ってもう三十年近くも毎日同じ時間、同じ電車、同じ道筋を通勤しているわけだ。ところが最近になって、ある街というか、ある場所、ある風景が非常に気になりだしたというんだ。つまり毎日利用している電車がある個所まで来ると、その窓外の風景がきまって気になるというのだ。しかもその対象が特定の家とか、木とか、道とかというのではなく、何か漠然としたその風景全体が持つ独特の雰囲気らしいのだ——彼はもう三十年近くもその電車を利用し、その風景を見慣れていたが、今までそんな事は一度もなかったし、ましてその街などは降りたこともないというんだ。彼にとってはその事が麻薬中毒患者のように、強迫観念になってしまったんだ。そこで彼はその街、風景には何かがある。自分にとって重要な何かが隠されている、という強迫観念から逃れるためにも、その事を確かめるために、ある日、意を決してその街に降りてみたというんだ。しかし、半日、いや一日歩き回ってみたが、何の手掛りも摑めなかった。それで終われば事は簡単に済んだが……ところが、今度はその〈探索すること〉が彼の病付きになってしまったというんだ。つまり、会社へ出勤する代わりに、その街を歩き回り、探索することが、彼の仕事になってしまったというんだ——もちろんこの場合、患者の心の中に潜在意識として、近い将来の〈停年〉ということがあって、この停年に対する拒否反応が、彼のような奇妙な行動を生んでいると、心理学的に説明付けられないこともない。しかし、どんなにうまく説明し解釈しても、いや、うまく説明が付けば付くほど、逆に患者が現実に存在するという事実の重みにぶつかってしまうのだ。患者が現われ、その後を必死になって追っているに過ぎない、自分の無能ぶりが嫌になるんだ……」

話し終わった砧は、グラスに半分ほど残ったウィスキーを見つめ、それを幽かに揺らしながら口に含み、喉を潤した。

仕事を始めて数ヶ月、最初の壁にぶつかったというのか、自分の手に負えない大きな問題に直面して煩悶している。

「あい変わらず兄さんは誠実なのね……」

美果は自分の力ではどうすることもできないと思いながら、そんな砧をいたわり慰めた。

「精神医学を研究したり、患者を扱ったりしていると、ぼくらの文化とか文明というものが、人間や地球の表面の一皮に過ぎないということがよくわかるよ」

「そうすると一皮剝けばどういうことになるんですの」

「およそ未発達で、未分化な原始のままといってもいいような、自分自身でも制御することのできない領域がある」

「つまりそれが一般的に潜在意識とか、無意識とか呼ばれている……」

「そう、自分の内にあって、自分でありながら、しかも自分自身ではない、摩訶不思議な部分……」

「それはわたしたち人間にとって何を証明しようとしているのでしょう」

「ぼくらがよく議論しあい、そして結論が出なかった〈人間はどこから来て、どこへ行くのか〉という例の問題にも係わるわけだ」

「あの頃は若さにまかせて、色々突飛な事を言い合ったわ」

「けれど最後には悲観的だった」

「人間や世界の未来図に対しては熱心だったけど、自分自身の将来と重ね合わせるとちぐはぐだったわ」

「事実ぼくらのほとんどが、今では管理社会の一員でしかない。そのことを見通していた者がいるだろうか……潜在意識としてはそのことを持っていたと思うよ。だからこそ逆作用として余計突飛な意見が出たんじゃないかな」

「あらあら、また砧先生の専門になってしまったようね」

翌日、砧は窓から射し込む陽差しの眩しさに目を醒した。いつの間に寝込んだのか。昨夜の酒精《アルコール》が残っているのか、頭が重く朦朧としている。話に熱が入って、つい飲み過ぎたようだ。

砧は朝の涼風に頭を冷やそうと思い、窓を開けた。砧の部屋は二階だった。昨夜は話の途中で酔い潰れてしまったようで、どのようにして二階のこの部屋に上がって来たのか、よく覚えていない。おそらく美果に半分抱きかかえられるようにして、上がって来たのに違いない。

（我ながら早々に醜態を演じてしまったものだ。これからは気をつけることにしよう）

そう思いながら、砧は階下へ降りて行った。

階下では、美果が遅い朝食の用意をしていた。かいがいしく仕度をしているその様子には、どこか若奥様というにおやかな初々しさが発散していた。それは庭園の薔薇の花の香りと中和して、辺りを甘い香りで満たすかのようだった。砧には昨日とはまた違った美果を見るようだった。

「ようやくお目醒めのようね。昨夜はよく眠れましたか……だいぶ酔いが回っていたようだけど」

「よく眠れたよ。でも、まだ頭が重い……」

その時、お手伝いの老女がやって来て、新しい客の来訪を告げた。

その青年は痩せぎすの長身で、ゆっくりと部屋に入って来た。夢想家にありがちな熱っぽく潤んだ瞳が印象的だった。どことなく病的な雰囲気が漂っていた。一昔前に流行った、いわゆるヒッピースタイルというのだろうか。髭こそ生やしてはいなかったけれど、頭の真中から左・右に分けて肩のあたりまで垂らした髪。着古したジーンズのズボンに、これまた使い古した布製のショルダーバッグを無造作に肩にさげていた。それに靴といえば、履き古して埃だらけの変形したズック靴であった。

「学校の友だちの氷室さん……こちらは砧兄さん……」

「氷室といいます。お噂はかねがねうかがっております。美果君の了解を得まして、婚約者ということになっています……」

「えっ、婚約者だって……美果ちゃんからそんな話は聞いていなかったな」

「ええ、婚約者といっても、ぼくの一方的な思い込みで、いってみれば押掛け婚約者といったところです」

「驚いたな……でも、そんな関係が通用するのかい」

「ぼくが通用させているんです。男女間の関係なんて、金銭と違って、世間的に通用しなくても、二人だけの間に通用すればいいんですからね……」

「それで美果ちゃんは承知しているのかい」

不意の闖入者の出現によって、砧のそれまでの夢の続きを見ているような、甘い華やいだ気持ちが、現実に引きもどされた。そのうえ自称押掛け婚約者とは何ということだろうか。

しかし彼の表情をよく見ると、その言動とは裏腹に、いわゆる育ちの良さというのだろうか、意外に繊細で気弱そうな感じなのだ。そのスタイルといい、言葉づかいといい、案外自己防禦のための虚勢かもしれないな、と砧は思うのだった。

そして、美果が氷室に惹かれたものも、彼の弱さと、それを隠そうとする虚勢との、危ういアンバランスそのものなのだ。

美果と氷室との取り合わせが、一見不釣合なものに見えたが、それは見掛けの上のことで、内面的には相似したところがあるのかもしれないな、と砧は思った。

遅い朝食というのか、それとも早い昼食というべきか、を取るために、三人で一つの食卓を囲む羽目になってしまった。

「氷室さんは小説家志望なんですって」

と美果が砧に言った。

「まだ他人に読んでもらえるような代物は書いてませんがね」

氷室がてれながら弁解がましく言った。

「ぼくは小説も興味ありますけど、それ以上に小説を書く人はどんな人か、興味があります」

砧は少し皮肉を込めて言った。

「それじゃぼくなんか実験材料に心理解剖されてしまいそうだな……キルケゴールの〈誘惑者の日記〉という小説を読んでいますけど、砧さんは読まれましたか」

「キルケゴールはぼくも一時凝って読んだことがあります。彼に関する評論を会友誌に載せたことがありますよ。よろしかったら今度お見せしましょうか」

「氷室さんは神秘学や悪魔学に関心があるんですって……」

と美果が砧に説明した。

「それで思い出したんだが、最近ユングの著作を読んでいて、中世の錬金術や東洋の曼陀羅との関連で心理学——特に夢の研究を扱っているので驚いた。ユングは無意識界から意識への表象図形として曼陀羅を説明しているのだよ。そしてそれは個人的な無意識を越えた、人類の普遍的無意識、つまり〈元型〉として捉えているんだ。そこがユングの独創なんだな」

「お話が込み入ってきたようですけれど……専門的な話は別として、世間的にも〈超常現象《オカルト》〉などといって関心を集めていますね……」

と美果が話を引き取った。

「例のＵＦＯから、一方は死後の存在に至るまで……」

「砧さんは興味がありますか……」

　と氷室が訊ねた。

「興味がないといったら嘘になりますね。でも、あまり熱中しないで、知的な遊び、つまり想像力ゲームとして楽しんでいた方が良さそうですね」

「砧さんは合理的人間ですね」

「いえ、レッテルを貼られるほど徹底してはいませんけれども、人間の理性は信じています。というよりも信じたいですね……ぼくらの身体というのは、時間と空間に規制されていて、いわば時間軸と空間軸の交点に存在している、といってもいいと思うんだ。ところが問題なのは意識なんだな。意識は身体に規制されながら、しかも明らかに身体とは異質で異次元なものを持っている」

「ぼくらは身体によって外界の諸々の情報を受信し、それを意識及び無意識中に貯蔵し、そしてそれをまた身体に送り返す……」

「簡単に言ってしまえばそういうことなんだろうけれども、しかし身体と意識及び無意識との関係というのは、まったくやっかいな代物なんだ……おや、また話が脱線してしまった。どうも氷室君のペースに巻き込まれてしまうようだ。奇麗な女性の前で、もっと色っぽい話はできないものかね……」

「お二人の話、私とても面白いですわ。人間の心ほどわからないものはありませんものね。どうぞお話を続けて下さい。身体と意識についてでしたかしら……」

「そう言われると、何だか話しにくいんだけれど」

と砧が話し始めた。

「ぼくらの身体は空間と時間の秩序に位置付けられながら、その身体にあって意識は時間の長さと空間の広がりを意識することができる。意識は身体に限定されながら、その限定を意識することができる。ぼくらの意識が身体的時間と空間の秩序だけだったら、それほど問題は起こらなかったろう。ところが無意識といわれる夢の世界では、身体的秩序は無視されてしまう。そこでは時間的順序、物と物の関係、事物の位置などが、身体的秩序とはまったく無関係に出現してくる……」

砧の話は熱が入って止めどころがなくなり、いよいよ本題に入りそうになり、いつ終わるのかもわからなくなってきた。

2

　その夜、砧が自分に当てられた部屋に引き取って書きものをしていると、廊下に足音がし部屋のドアを叩く者がいた。ドアを開けると、氷室青年が立っていた。

「お仕事をしておられたのですか。なかなか寝付かれなくて、もしお邪魔でなかったら、お話でもお聞きしたいと思いまして、お伺いしたのですが……」

「ええ、結構ですよ。どうぞお入り下さい。珈琲でも沸かしましょう」

　砧は食器棚からサイフォンを取り出し、アルコール・ランプに火を点した。

「ぼくも卒業論文でも書こうと思ってやって来たのですが、考えがまとまらなくて……砧さんに書くことの骨でも教えていただこうかと思いまして……」

「ぼくなどもまだ他人に教えるほどの腕前ではありませんよ。まったく四苦八苦して書いているんですからね。我ながら愛想が尽きますよ」

「砧さんでもそうですか。それならぼくなどはあたり前だな。いくらか安心しました。そのお礼にと言っては何ですが、取って置きの話をお聞かせしましょうか。これはぼくの友人の話なんですが……砧さん好みかどうかわかりませんが……彼は植物学を研究しているんですが……といってもそんな大それたものではなく、一般に花狂い、とでも言うんでしょうか、花が好きで、特に品種改良というのか、新しい色や新しい形の花を咲かせることが、彼の夢であり情熱でした。ところがこの病いが昂じて、結局本当の病気になってしまったのです。というのは、ある薔薇の花の品種を研究していて、どうしても思うような色が出ない。薬品や肥料を使っているうちはよかったのですが、彼はとうとう人間に手を出したのです。何だと思います。〈血〉ですよ。人間の血。つまり彼は薔薇の花に、俗に言う血のような色を出したかったのです。そこで手っ取り早く血そのものに着目したというわけです。しかも、ここが大事なところなのですが、普通の血では駄目なんです。〈処女の血〉が必要なんです。しかも、処女が排泄する血です……」

部屋の中一杯に、何か異様な匂いが籠っているという感じだった。砧は息苦しくなった。

それはこの邸を取り囲んでいる、薔薇の花の匂いだろうか。庭園から侵入してくるのか。邸の内部から発散しているのか。

この感覚は覚えがある。そうだ、二日酔の朝もこんな感じだった。そう思った時、急に吐き気が込み上げてきた。砧は必死で押えた。

そんな砧の動揺を気にもかけず、というよりも、むしろ聞き手の反応を計算し、それを楽しんでもいるように、彼は話を続けた。

「彼はその血を男性の精液と混合して、ある秘薬を造ったというのです……とまあ、これはぼくが書こうと思っている小説の話ですがね。面白いでしょう。一読の価値はあると思いますよ。仕上げたら、まず砧さんに読んでもらって、批評をお願いしたいな……」

「突飛な話で他人《ひと》を驚ろかすとは、君も悪趣味だね」

「この程度の話で驚ろく砧さんではないでしょう。これはほんの序論です。今度は真面目な話をしたいと思います。といっても信じてもらえないかな」

氷室は今までの茶目気のある人を喰ったような顔から、急に真剣な表情になった。

「本当のところ論文にまとめたいと思っているテーマについてお話を伺いたいと思います。それは他ならぬ〈神の死〉についてです。というよりも〈神の死〉以後の問題についてというべきでしょうか。前世紀の終りに、ある哲学者が〈神の死〉を宣告して以来、ぼくらの生きている世紀は、まさに神の死の時代というべきです。ぼくらの問題は、この〈神の死＝世界の無価値性〉に、いかにして耐えるかということです。はたして耐えるだけの価値があるのか。それともぼくらには〈新しい神〉すなわち、生と世界の新しい価値の発見と創造が必要であるのか。必要であるならば、それはいかにして可能であろうか。これがぼくの論文のテーマです」

氷室は日頃から考えていたとみえて、一気に喋った。

「それは壮大なテーマだな。君がそんな問題を抱えているとは知らなかったよ」

砧は氷室青年の熱に浮かされたような語り口を見ていると、自分たちの青春が再び帰って来たような――というよりも、青春の自画像を見ているような思いに捉われた。

「ぼくらもよくそういった問題について話し合ったことがあるよ。でも結論がないまま有耶無耶に終わってしまった……」

「有耶無耶に終わってしまったから、今だに有耶無耶なままに人生を生きている。そうでしょう。ぼくは自分自身の問題として、有耶無耶に終わらせたくないんです」

「いや、弁解するわけじゃないけれど、ぼくらにだってそうした意気込みが、決してなかったわけじゃないんだよ……ただ、問題が問題だからね。1＋1＝2 という具合にはいかないんだよ。その辺の所は君が一番よく知っているだろうけれども……」

「問題をはぐらかさないで下さい。ぼくが言いたいのはこういうことなんです。〈自然＝神〉の本質は何かというと〈自己に対して無関心である〉ということです。ところが人間の本質とは〈関心〉ということです。自己に対して、他者に対して、あるいは自然＝神、その他諸々に対しての〈関心〉ということが、人間を人間たらしめている条件である。人間のこの〈関心〉という本性が、他ならぬエデンの園から人間が追放されたその判決理由です。人間の本性としてのこの〈関心〉は、神の国の住人としては不必要なものであり、ふさわしくないものなのだ。それは神の国の秩序をいたずらに掻乱《かきみだ》す余計者とされたのだ。人間と自然＝神とは、この〈関心〉という一点で徹底的に対立する。〈関心〉によって神の国を追放された人間が、まさしくその追放理由である〈関心〉によって、神の国に復讐している……」

「人間は人間に対しては自己を装うことができるけれども、自然に対しては自己を装うことができない――というよりも、人間は自然に対しては、自己を装う必要もなければ、その意味もない。だから人間は自然の中では、本来の自己に返って、自分をふり返ることができる。いわゆる人間を魔物のように呪縛している社会的・世間的意識を振り払って、自己本来の意識に直面するしかない。しかし、人間は人間に対しては常に自己を装う存在でしかない。人間は人間を越え出たもの、つまり自然とか、宇宙とか、神とかに接することによってしか自己を知ることができない……」

と砧が応酬した。

すると氷室は

「自然を人間の財産として所有していく過程——ということは、神の〈もの〉を、人間が〈人間化〉していくということ。神のもの、つまり、神そのものを、神の住む場所がなくなるほどまでに、人間が自然を人間化してしまった。これが文明の定式じゃないんですか……」

その夜、砧は寝苦しい夜を過ごした。寝付かれぬままにうとうとしていたが、いつの間にか眠ったらしく夢を見た。

場面1　喫茶店での〈彼女〉との出会い。

場面２　祭り。神輿が通る。その雰囲気の中で、砧は〈彼女〉と急速に親しくなる。

場面３　愛の不可能性。砧は〈彼女〉に妻子のあることを告白する。（しかし、実際の砧はまだ独身なのだが、夢の中の砧はなぜか結婚しているのである。しかも子供までいるようなのだ。だが、妻子がいるということだけで、それがどのような妻子であるのか、興味があるところなのだが、なぜか場面に登場してこなかった。……）すると〈彼女〉は異性（女性）から同性（男性）に変貌する。

目が醒めてから考えてみると、この〈彼女〉というのは、どうも美果に似ているような気がした。

砧は潜在意識において、美果に恋をしているのだろうか。それとも、婚約者であるという氷室から、あのような話を聞かされたので、その反発から、こんな夢を見たのだろうか。

しかし、〈彼女〉が夢の終りで、女性から男性に変貌するというのは、何を意味しているのだろう。できれば、このことだけでも知りたいのだが……。

砧は後で夢分析でもしてみようと思い、忘れないうちに夢の内容をノートにメモしておいた。


美果は、砧から絵画療法といって、彼が扱っている患者の絵を数枚見せてもらった。どの絵もどこか特長のある、例えば色彩とか、構図とか、ものの形とかが、普通の絵とは力の置き所が違う、という印象を受けた。中でも、美果に深い感銘を与えた絵があった。それはある人物画なのだが……。

その人物は、叫んでいるのでもない。悲しんでいるのでもない。考えているのでも、何かを告発しているのでもない。

また、何ものかを待っているというふうでもない。祈っているのでもない。つまり、感情らしい感情、表情らしい表情がない。

ただ、異様に大きく見開かれた〈瞳〉が印象的である。それが通常の人間のように、何かを語ろうとしていないから……ただ、そこにある。あるがままにある。物体のように佇んでいる、に過ぎないから……。

ある時、不意に時間を停止させられたような、行為の突然の中断、運動の凝固《ぎょうこ》……。

その画面から受ける特異な印象は、その画面を支配している異様な静けさの原因は、人間的時間の〈無〉ということなのである。

そして、さらにその人物を囲んでいるところの風景にも特色があって、部屋の内部と外部との境界がない。つまり、その人物は確かに部屋の中にいて、その部屋には、床や柱や屋根はあるのだが、外部と区別するところの窓や壁がない。部屋の内側が、そのまま外側の風景と直結している。

例えば、その部屋には屋根があるのだが、その屋根を透して、部屋の中から、夜空の月が見える。屋根はあるが、通常の屋根の役目をしていなくて、透明か、あるいは玻璃ででもできているのか、正確には不分明である。

また、外の風景にしても、人物の現在とは直接関係のない、失われた過去の景色のようなのだ。同一画面に、現在と過去とが混在している。その過去とは、どうやらその人物の〈記憶＝印象風景〉であるようなのだ。

3

別荘の外で、自動車のエンジンの音がした。警笛が二、三度続けて強く鳴った。蓮沼夫妻が到着したのだった。

蓮沼氏は四十代半ばの、脂肪質の下腹が張り出した、一八〇センチ近い大柄の、品よく言えば恰幅の良い紳士である。年齢よりは四、五歳は化《ふ》けて見える。

数人の町工場から、戦後のいわゆる経済復興の波に乗って、今では数百人の従業員を抱える、まがりなりにも株式会社の社長に納まっている。その風貌には、自分の腕と才覚で戦後という時代をくぐり抜けてきた人のしたたかさがある。それが、いうところの事業に賭ける男の意気込みを感じさせる。今の地位を獲得するまでには、戦争特需とか、企業合併という、悪どい商法も経験してきたらしい。

金縁の眼鏡をかけ、指には金細工の高価な指輪をはめていたが、付焼刃《つけやきば》的なものがあり、似合うとは言いかねた。

蓮沼夫妻の到着によって、今までのなんとなく沈んでいた感じのこの別荘の雰囲気が、急に華やいだものになった。邸全体が生気を与えられて、生き返ったようだった。さすがは主人の力だな、と砧は感心するのだった。

庭園や、家具、調度まで、自分の主人を見分ける能力を持っているかのようだった。それは、どこか王様と王妃様の御入場という感じだった。

蓮沼氏が愛用の葉巻煙草をくわえながら――そして、その葉巻の煙の醸す異国的な匂いが、砧の到着以来の今までのこの邸の持つ薫とは、明らかに異質で一線を画するものなのだった――お茶の席で語ったのに、砧はなるほどという気がした。

「私は大衆の生活をより向上させるために、やむをえず彼らの上に立つのです。彼らもそれを知れば満足するでしょう。決して迫害などしようとはしないでしょう。なぜって、そんなことをしたら、彼ら自身の生活が困るだけですから。大衆には統治者が必要なのです。それも、自分たちに絶対的に有利な。彼らは自分たちだけでは何もできません。彼らは自分たちの偉大さを証明してくれるような、そういう統治者を待っているのです。大衆は真摯さや忍耐、弱さを軽蔑し、安楽、慰安、偉大さ、英雄を祭り上げます。私は彼らに安楽さを与えてやります。それが大衆に愛される骨《コツ》です。相手の最も欲しているものを与えてやること……それが事業の秘訣です。そして、それが真に大衆に結びついた、大衆の救済というものです。どのような救済も、それが相手の希望、欲望を無視したものであったなら、救済の意味はありません」

それに答えて、砧が切り出した。

「たしかに現状では、労働者を労働から解放するなどということは困難でしょうね。そこでぼくは提案したいのですが、せめて心理的にでも解放したらどうでしょうね。つまり、労働を労働とみなさずに、スポーツかあるいはゲームのようなものとするのです。もちろん現実の労働は経済活動であり、それは資本と生産の網の目に巻き込まれ、労働者各自の生活がかかった生存競争であるということは解ります。だから社会の歯車の一個でしかない労働者の、その精神的ストレスを解消するために、いわば精神療法として、労働のスポーツ化、ゲーム化を提案するのです。それにはまず現実とはまったく矛盾することなのですが、労働を無償のものとみなさなければなりません。つまり労働は労働そのもの、肉体の運動、エネルギーの活動、純粋運動とみなすのです。そうでなければ、スポーツも、ゲームも成立しませんからね。そこには使用者も被使用者もありません。つまり序列的社会に特有の縦の意識を消すことです。そこには仲間、横の連帯があるだけです。この点が、労働のスポーツ化、ゲーム化の最大の効用でしょう。そして、これが刺激になり、その逆作用として、生産が高まれば、それは経営者のプラスα《アルファ》というものでしょう」

「やれやれ、若い人は突飛な事を考えるもんですな。ま、それが若者の特権というものかもしれませんがね。若い時代は、何でも自分の思い通りになると思い込む。突飛な考えを、後生大事に、まるで宝物でもあるかのように玩ぶ。こういう若者にとって、一番の敵は、何よりも〈世間の常識〉という奴だ。そして、この世間の常識とやらを代表するものが、とにもかくにも親なんだな」

蓮沼氏の話を、砧が遮って
「叔父さんがそんなにものわかりがいいと、蓮沼家にかぎっては、親子の断絶など考えられませんね……」

「そうとは言えないんじゃないんですか。よくあるじゃありませんか。教育の専門家が、外では立派な事を言っていても、家庭は不和だったり、親子の仲がうまくいかなかったり、という話が……」

と氷室が言うと、砧は

「君、それはテレビ・ドラマの見過ぎじゃないの」

とやり返した。

「いずれにしても、砧君の言は理想論だな。実際に労働を経験した事のない人間の夢物語だな。しかし、そうなれば労使の紛争も起こらないだろうし、経営者にとってはまったく願ってもない話だ。私も真剣に考えてみようか……」

と蓮沼氏。

すると、今度は氷室が

「労働というものは、それは肉体労働ばかりではなく、知能労働も含めて、一種の社会的性行為のようなものじゃないんですか。毎日同じ会社なり、企業なりに通い、そこに吸い込まれ、何ほどかのエネルギーを消費することによって、それを生産に転化する。つまり労働力というエネルギーを製品に価値転換する。その結果、その見返りとして、給料を支払われる。これは性行為といっても、売春的性行為ですね。しかも、多数者の参加によってのみ可能であるということは〈乱交〉の要素もある。実にぼくらが享受する経済的製品なるものは、労働の売春的乱交の結果なのだ……」

「氷室さんは小説を書いてらっしゃるということですけど、どんな小説を書いているのかしら……」

と、それまで彼らの話を聞いていた蓮沼夫人が氷室に訊ねた。

ものみなが、もの憂く微睡《まどろ》んでいるような、夏の午下りである。雑木林から吹いて来る微風が、庭園の薔薇の香りを含み、窓のレースのカーテンをかすかに揺らし、夫人の豊かな黒髪を嬲《なぶ》っていた。夫人は白い薄地のほとんど肌が透けて見えそうな、袖無の裾長の衣装に身を包んで、窓際のソファに腰を下ろしていた。

陽射しが木洩れ日となって、夫人の身体を斑点のように、上下に移動していた。

夫人は実際の年齢は四十近くなるのだろうけれども、化粧の具合なのか、衣装のためなのか、せいぜい三十位にしか見えない。小柄で、目元のはっきりした、芯の強そうな、勝気な感じの女性である。

「小説家さんを我が家の客に迎えるなんて、とても光栄なことですね。なんと言っても文化人でいらっしゃいますものね。そこへいくとうちの主人の客などは、皆、金銭《かね》、金銭《かね》、金銭《かね》の話で、私も嫌気がさしていますのよ」

「お客の前でそういう言い方はないだろう。私だって好きで話しているわけじゃない。仕事の上の話だからやむをえんだろう。お前たちを養っているんだからな。お前たちばかりじゃない。社員の生活がかかっているのだぞ……」

と蓮沼氏がたしなめた。

「二言目にはこれですものね。もう聞き飽きて耳に胼胝《たこ》ができていますわ……私の薔薇作りは、主人に対する抵抗ですのよ。そうね、主人というよりも、お金のことしか頭にない人たち、というべきかしら……」

「お言葉ですけれども、それは単に頭の中に占める比率の違いじゃないですか。経済的なものがより比重を占めているか。それとも美的なものがより比重を占めているか。けれどもどっちに転んだところで、人間性そのものにはたいした変りはないと思いますよ」

と氷室が言葉をはさんだ。

「あら、あなたはいつから主人の部下になったのかしら。美果と結婚したくて、主人の肩を持つのね。それともやっぱり財産目当てかしら。でも、私はあなたたちの仲を許しませんよ」

「これはとんだ藪蛇《やぶへび》だ。今日は御気嫌が悪いですね。でも、ぼくはどっちに肩を持つわけじゃないです。むしろ、普通は女性が経済にうるさいのに、蓮沼家に限っては女性が文化に理解があると感心しているのです」

「いまさら持ち上げても遅いのよ。あなたの魂胆は読めているんですからね……そうね、私にも若い頃には好きな人がいたのよ。文学青年というのかしら、本が好きで、詩を書いたり、絵を描いたりしていたわ。周囲にそういう人がいなかったから、私にはとても新鮮に見えたわ。展覧会に連れていってもらったり、詩集を借りて読んだりしたわ。ボードレールとか、リルケとかね。ボードレールの詩なら、今でも覚えているわ……そう秋の歌という詩だったかしら、たしか、こんなふうだったわ……」

夫人は目を瞑り、片手を軽く額に当て、記憶を解きほぐすように語り出した……。

〈やがて僕たちは沈むだろう、寒い幽明のうちに

さようなら、きららかな光、はかなく過ぎた僕たちの夏

すでに、不吉な音をたてて、中庭の敷石に

こだまする木切のひびきは僕の耳を打つ

…………

……………

〈絶え間なく落ちる薪は身にしみて、どこかに人の
急ぎ棺を打ちつける音かとも聞く
それは誰のため――ああ、昨日は夏、今は秋
この不可思議な物音は出発のように鳴りひびく

夫人を引き取って、こんどは氷室が語り出した。

〈僕は愛する、切長のあなたの眼に浮ぶ緑の光
やさしい恋人よ、しかし今日すべては僕に苦い

そしてあなたの愛、あなたの部屋、暖く燃えるいろり
何ものも、もはや海を焼く太陽に如《し》くものはない

それでもどうか愛して下さい、思いやりのある人よ、遠い日の
母の慈みに、恩を知らぬこの僕を、心よこしまなこの僕を
恋人よ、妹よ、どうか僕に輝かしい秋の日の
また西に沈む太陽の、はかない身にしみるやさしさを

そして、最後は二人で唱和する形となった。

〈いつまでの終の努力か、墓は待つ、墓は餓えて
ああ僕はただ味わいたい、あなたの膝に額を埋め
白い炎暑の夏を悼み嘆きながら、せめて
晩秋の季節、黄ばんだしみじみとした陽射を

「初めて接する世界に、心が開かれる思いがしたわ。私も見よう見真似で、その人の指導で、幼い詩を書いたりした……今思えば、あれが私の青春というものだったのね……私はだんだんその人を好きになっていったわ。その人も私のことを嫌いじゃなさそうだった。ただ、ああいうタイプの人には、どことなく優柔不断なところがあるわね……」

「それは優柔不断というよりも、恋愛と結婚とを、別なものと考えていたんじゃないかな……」

と氷室。

「それはあなたのように計算高い人はそうでしょうね。でも、あの人はもっと純粋な人だったわ……」

「しかし、恋愛イコール結婚に結び付けるのは、女性の性急さですよ」

と、皆のやりとりを含み笑いをしながら、面白そうに聞いていた砧が口を出した。

「性急さであろうが、なかろうが、私は心ではその人を慕い、思いを寄せながら、結局現実には今の主人に押し切られた形で結婚してしまったわ……それ以来、私の心には芸術家や芸術というものに対して、抜き難いコンプレックスがあるのよ。だってそうでしょう。昨日まで、詩や音楽や絵や、美しいものに憧れていた少女が、一夜明けたら、荷車《リヤカー》を引いて、鉄屑を拾い歩く男の妻だなんて……まったくお笑いじゃありませんか……しかも、それがあなた実業家ですって。荷車を引いた実業家なんて、聞いたことがあるかしら……」

「しかし、お前との約束は果たしたじゃないか。外国風の家を建てて、庭を薔薇の花で飾るという……」

と蓮沼氏。

「そうね、私は冗談半分に、無一文の主人に賭けてみたんだわ。それはどうでもよいことだった。諦めていたわ。捨鉢《すてばち》になっていたのね。でも、どういうわけか、主人は事業に成功していったわ。主人が成功すればするほど、逆に、私の心の負目は深まる一方だったわ……かえって、主人が事業に失敗していてくれたら、私の心も変わっていたかもしれないわね……」

「そうすると、叔父さんの事業欲の根底には三角関係があったわけですか。それはぼくにも初耳だな……」

と、砧が感慨深げに呟いた。

4

砧の大学時代の師である藤波教授が、学問的な用向きの帰途とかということで、別荘を訪れた。

教授は頭に白いものが混じりはじめた、初老の医学者である。教授はまた蓮沼家の主治医でもあり、幼児期の美果の治療を担当してもらって以来の間柄である。そんなわけで砧も少年期から教授を知っており、教授の人柄に惹かれて、彼もまた精神科医を志したのだった。

教授は科学への過信ということを絶えず戒しめ、科学の勇足に歯止めをかけ、科学と人間との均衡を量ることを理想とする詩人肌の学者である。砧の精神医学や、人間に対する考え方は、ほとんど藤波教授の影響によるものである。砧が常日頃、尊敬し、信頼し、慕っている恩師である。

教授は精神医学を教える傍ら、心霊研究をも行っているということである。しかし教授の言によれば、それは興味本位からではなく、治療法の一種として採用しているということである。

「いったいこの二十世紀の世の中で、先生は霊魂の存在などということを信じておられるのですか……」

と氷室が聞いた。

「いいえ、私も確信しているわけではありません。残念ながら私自身、まだ霊魂が確実に存在しているると言えるような現象に出会ったことがないのです。職業柄その種の文献を調べているうち、私自身実際に確めてみたいと思いましてね。言うなれば学問的というよりも、弥次馬的発想から始めたことなのです。しかし始めてみると、これが以外に精神療法というか、心理療法に効目がありましてね。事実、ノイローゼの患者が直ったり、快方に向かったりということがあるのです」

「私もその種の書物はいくつか読みましたが、霊が人間に文字を書かせたり、遠方で起きた事件がわかったり、また何よりも不思議なのは、死者の霊が人間に現われたりするということですが、そういった事は本当に信じられることなのですか」

と美果も頭から否定するだけの自信がないので聞いてみた。

「ええ、そういう例は文献でもいろいろ報告されていますね。ただそういう事は誰にでも起こる現象ではなく、一部の特定な能力を持った人に起こりやすいということが、問題を局部的なものにしているんじゃないでしょうか」

「つまり、霊を呼び出すには、それなりの能力を持った霊媒者が必要であるとか……」

と砧が口をはさんだ。

「そういう事なんだな……」

と藤波教授が頷いた。

「しかし、霊媒者なんて信じられるんですかね。それが死者の霊であるという確たる証拠があるんですか。暗示にかかりやすい霊媒者の潜在意識が現われるに過ぎないんじゃないんですか」

と氷室が言った。

「多くの場合は、そういう事が多いようです……」

藤波教授は終始真面目に受け答えをしていた。その表情は、彼らの知らない世界に通じ、その証拠を握っているような落ち着きがあった。

「しかし、私の場合はあくまでも心霊の実験が目的なのではなく、精神の治療といいますか、心理療法が目的なのです。つまり、精神分析には連想法とか、夢分析とか、あるいはロールシャッハ法とかありますが、私の場合は心霊法とでもいいましょうか……」

「しかしですね、霊魂が身体を離れて、なお独立に存在するとなるとこれは大問題ですよ……」

と、氷室はなおも執拗に食い付いた。

すると砧が
「最近聞いたある脳外科医の話によると、現在の段階では、脳のどの部分に、人間の〈心〉を司る物質があるかを見出すことができないということでしたね。記憶とか意識、あるいはもちろん感覚とかといった人間の反応は、脳のどの部分が起こすのかといったことは、ある程度まで解明されているそうです。しかし、人間にとって最も重要な、そうしたものの総合的な判断、意志決定などが、脳のどの部分でなされ、それがどういう仕組みになっているのか、といったようなことはまだ充分わからない。つまり、早い話が、われわれが右手を上げるべきか、左手を上げるべきか、判断に迷う、そして、あえて右手を上げる。この右手を上げる決断力。いくつかある可能性の中で、その一つを選びとる判断力。あえてそれを選ばせる。その力の源。そのメカニズムがわからないというのだ。〈右手が上がる〉という身体的操作、その筋肉や神経や脳の仕組みはわかる。しかし〈右手を上げる〉という、そこに本人の自由意志が介入すると、その自由意志の所在がわからない、というのだ」

「それはどういうことなんですか。われわれの判断力が脳以外にもありうる、ということなんですか。しかし、判断力といえども、それが何事かをなす力である以上、エネルギーであるに違いない。エネルギーであるならば、それはやはり物質であるに違いありませんよ」

と氷室。

「それはぼくには何とも言えない。現状では専門家の研究を待つしかないんじゃないかな。ただ、その脳外科医は、これはあくまでも仮説だが、われわれの心的作用が、身体エネルギー以外の物質でもありうる可能性がある、と言っていた。ということは、われわれの心的作用とは何かということが、まだ充分解明されていないということの証拠ではないのかな」

と砧。

砧と氷室は午後の散歩に出かけた。

「ジャンヌ・ダルクは知っているでしょう。例のオルレアンの少女……」

と氷室が砧に話しかけた。

「名前は知っている。詳しい事は知らないが、彼女がどうかしたのかい……」

と砧。

「じゃ、ジル・ド・レーという人物は知っていますか」

「さあ、誰だったかな。どこかで聞いたことのある名前だな。いったい何者なんだい。そのジル・ド・レーとかいう人物は……」

「じゃ、〈青髯〉という名は知っていますか」

「何人もの女房を殺したという童話の主人公かい」

「そう、その〈青髯伝説〉と混同して伝えられている、幼児虐殺者として有名な歴史上の怪人物……」

「それなら思い出した。たしかユイスマンの小説に、その人物のことを書いたのがあったと思ったが……」

「〈彼方〉っていう小説じゃないかな」

「そうかもしれない」

「ところで、このジル・ド・レーが若い時にジャンヌ・ダルクの片腕となって、フランス軍を勝利に導く活躍をしたというんです。聖女と崇められる女性と、悪の代名詞のように伝えられる人物との結びつきが、何とも面白いと思ってね」

「聖と悪との結合……か、いかにも君好みのテーマじゃないか」

「彼はまた錬金術やら、降魔術にも耽ったというんです。いわば中世のある一面を代表する精神といえるんじゃないかな」

「つまり、キリスト教とは最も対極にあるところの、西欧における土俗信仰的精神の……」

「ええ。それと彼における悪の精神とは、極限まで行く、ということだと思うんです。その向こうには狂気しかない理性の極限。いや、もう通常の精神からは狂気としか映らない精神の限界。いわば精神を犯す精神ともいうべき偏執……」

「だがそのこと自体、やはりキリスト教の対極を意味しているのじゃないのかい。つまり、悪を求める精神は、神を求める精神と裏腹なのでは……」

「そのように理解することもできるでしょうね。でも、ぼくらは歴史のイロニーとでもいうべきものを読み取ればいいのではないのかな……」

雑木林を赭く染めて、陽が沈もうとしていた。いつになく滅入っているような氷室の横顔に、悲哀が漂っていた。それは夕陽がつくる影のせいばかりではなかった。

彼らしくもなく、自然の中の夕景色に、感傷的になっているのだろうかと砧は思った。

「美果君は子供の頃神経症を煩ったということですけど、いったい何が原因なんです」

氷室が砧に訊ねた。

「それとも神経症は蓮沼家の遺伝体質なんですか……ぼくも婚約者として知っておく権利があると思うんですが……」

「美果ちゃんは少女の頃に、そう、今からもう十年ほど前になるかな……母親の事が原因で、軽い神経症に患った事があるんだよ。そう、その時の医師があの藤波教授なんだ。それ以来、教授はこの蓮沼家の係付けの医師になっている。そう、心身両面のね……ぼくの聞いたところによると、教授はその時は、催眠療法を応用して治療したという事だ。しかし、事柄が患者のプライバシーに関わる事だけに、ぼくらもその辺のことは神経質になってしまうんだよ。まして身内とか、肉親とかという問題が絡むとなおさらなんだよ……」

砧の言い分も、もっともという気がした。

しかし、また一方でそう言われると、なおさら詮索したくなるのが、人間の心理というものではなかろうか。

氷室の執拗な関心に、砧もとうとう観念して、それでは藤波教授を紹介しようということになった。しかし、砧はあくまでも仲介役で、美果の件に関して、公開するか、しないかは、藤波教授の一存にまかせるということになった。

幸い教授はものわかりの良い方で、十年も以前のことであり、美果も完全に治癒していることでもあり、本人を傷つけたり、悪用しないという約束で、美果というよりも、(ある仮定の少女の場合)ということで、カルテの貸与は無理であるから、その時の教授のメモのコピーを貸してもらうことになった。

以下は、藤波教授の催眠療法と、症例分析のメモである。

《藤波教授のメモ》

〈問〉あなたは眠っている……

〈答〉…………

〈問〉静かに、眠っている……

〈答〉…………

〈問〉何も、見えない……

〈答〉…………

〈問〉何も、聞こえない……
〈答〉…………
〈問〉広い……広い……深い……深い海の底のよう…………
〈答〉…………
〈問〉やすらかに眠っている……
〈答〉…………
〈問〉何かがぼんやりと見えてくる……

〈答〉…………

〈問〉何だろう……光のようなもの……

〈答〉…………

〈問〉電灯の明り……

〈答〉…………

〈問〉ドアから、明りがもれている……

〈答〉…………

〈問〉誰か人が見える……

〈答〉…………

〈問〉男の人かな……女の人かな……

〈答〉……ママ……ママだわ……笑っている……。パパ……パパね……向うむいてる……返辞をしてくれないわ……あたしが呼んでも……振りむいてくれない……いつものパパと違うわ……でも、ママはあんなにやさしいわ……キスしている……こちらを向いたわ……あっ、パパ……パパじゃない……誰なの……あたしの知らない人……あっ、ママ、……ママが殺される……パパ……来て……早く来て……ママが殺されるわ……

症例分析

母と男との密会を、少女が目撃することにより、母親の行為の〈自己転化〉をはかろうとする。つまり……

①　母が男に〈危害〉を受ける。

②　内的に母の〈危害〉を自分で引き受けることによって、母をかばおうとする。

③　それは結果的には自分の身＝少女の身には重すぎる行為である＝〈過剰行為〉注＝私はこれを〈過剰行為〉と名づけたい。

④　その結果、精神の均衡を失うことによって、被害妄想を起こす。つまり、母と男との密通を、母の〈危害〉として受けとめているところに、この症例の特長がある。

しかし、砧は氷室に根負けした形で教授を紹介してしまったけれど、そして教授はあくまでも砧の顔を立て、砧を信頼して快諾してくれたのだった。そう思うとなおさらに、ああしたいわば個人の最も根源に触れるものを、いかに婚約者とはいえ、第三者に渡してしまったことは迂潤ではなかったかと悔まれた。

何ごとも起こらなければよいが……不吉な思いがよぎるのを抑えることができなかった。砧は祈るような思いで、想念を押し殺した。

5

蓮沼家では久方振りに藤波教授と砧の歓迎も兼ね、近くの教会に住む蛭間神父を招いて、晩餐会を催すことになった。

その中心はもちろん蓮沼夫人である。

蓮沼夫人が自ら腕によりをかけた料理が食卓を飾った。フランス料理風に味付けられ、盛り付けられた肉類、魚類、野菜類、果実、飲物……豊富な品数が食卓の上に所狭しと並べられていた。それに蓮沼氏が集めたという、古今東西の時代区分の入り乱れた、金、銀、陶器、硝子製の食器類が、まるで骨董品店の机上のように陳列されていた。それらの色合と香りと熱気で、室内が充満していた。

それになによりも磨きをかけたのは、それらの料理にも増して、蓮沼夫人自身ではなかったろうか。藤波教授や砧の歓迎は名目で、本当の思惑は蛭間神父の歓待にあったのではなかろうか。それほどに、蓮沼夫人はいつもの美貌にさらに手をかけて、妖しいまでのなまめかしい美しさを見せていた。

柔らかい肉体の曲線を強調する黒いドレスが、その色香をさらに際立たせていた。真珠のネックレスが白く透けた胸に、光の雫のつぶらな涙のように煌めいていた。

蛭間神父は五十搦《からみ》のいかにも人の好さそうな、微笑を絶やさない温好な紳士という感じである。蓮沼夫妻が信者であるので、昵懇の間柄ということである。それに慈善事業とか称して、寄付金の方も大部はずんでいるらしい。いわば教会にとっては良いお得意様ということらしい。

神父は鼻筋のとおった澄んだ瞳をしていて、若い頃はさぞかし好男子であったろうと推測される。横から見ると彫が深くて、一見すると外国人と間違いかねない。年齢よりは四、五歳は若く見える。蓮沼夫人が好意以上のものを寄せているということだが、そういう噂が出てもおかしくないほど、神父は蓮沼夫人好みの教養人なのだ。

「不躾な質問で失礼ですが、神父という職業を選ばれた動機は何でしょうか」

砧は質問をしてしまってから、自分の質問の愚かしさに「しまった」と思ったが、もう取り消すわけにはいかない。

「ええ、信仰の道を選ぶにあたっては、私も私なりに悩みがありました……」

「よろしかったら、その悩みというのを、是非お聞かせ下さい」

横から氷室が催促した。

「氷室君は〈神の死〉ということで悩んでいる最中でしてね」

と砧。

「ほう、そうですか。それなら私の話がいくらかでもお役にたてればよろしいですね」

神父はあまり乗気ではなかった様子だったが、砧の言葉で抑制していたものが、ふっと誘い出されたようだった。

「迷える子羊をお救い下さい。神父様……」

氷室青年が大真面目に十字を切る真似をしたので、皆は吹き出してしまった。

「私のその頃の悩みというのは、今から考えればやはり〈死〉の問題と関わっておりました。しかし私の場合は〈神の死〉ということではなく、〈人間の死〉ということです。人間が肉体という〈もの〉を持ち、そしてこの肉体がかならず〈死ぬ＝消滅する〉という事実をいかにして受け入れ、それを乗り越えるか、ということです。つまり、その頃のはやり言葉で言えば〈人間の条件〉というものに、私は私なりに目覚めたというべきでしょうか。私も人生に野心がなかったわけではありません。人並に法律を学んで、弁護士か、裁判官にでもなろうと目論んでおりました……」

神父の隣りに座って、神父の言葉にいちいち頷いて、感嘆して聞き入っていた蓮沼夫人が、横から
「神父さんが弁護士になられたら、素敵だったでしょうね……いえ、今の神父さんも素敵ですわよ。神父さんが弁護士だったら……そうね、私は神父さんに弁護してもらいたいために、罪を犯していたかもしれないわね……」

今度は氷室が咽せ返る番だった。彼は飲みかけたシャンペンで咽せていた。

「けれどもこの悩みを解かないかぎりは、すべて空しいと悟ったのです。そこで私は、私自身に問題を設定することを試みたのです。

すなわち　①〈肉体（等式）魂〉であるか

それとも　②〈肉体（不等式）魂〉であるか

つまり、われわれの肉体と魂、平易な言葉で言えば心とは〈同じもの・同質のもの〉であるか。それとも〈違うもの・異質のもの〉であるか、ということです。これは簡単な事のようですが、私自身にとっては大問題でした。というのは、①を取るか、②を取るかによって、考え方、生き方が、まったく違ってしまうからです。私は、私自身の人生を②の場合に賭け、魂の永生を信じ、信仰の道を選んだのです。魂などという普段聞き慣れない言葉を使ってしまったでしょうか……」

「明解な信仰告白ですね。神父さんのように明解に割り切れないところに、ぼくら俗人の悩みがあります」

と砧。

「しかし明解すぎるんじゃないかな。明解すぎて、何だか信じられないところがある」

と氷室は異議をはさんだ。

「私は神父さんのお気持ちが解るような気がします」

と美果が神父の肩を持った。

それまで聞き手に回っていた藤波教授が、ようやく自分の出番が来たというように

「仕事がら私も神父さんの言われる魂とか、心とかについて少し調べたことがある。当然これは精神医学の問題だからね。ところが面白いことに、君たちも知っていると思うが、ギリシャの哲学者のプラトンは、神父さんの言う、いわゆる心身の二元論的立場をとっているのだ。これに対してアリストテレスの方は心身の一元論的立場をとっている。プラトンは存在するものを〈見えるもの〉と〈見えないもの〉の二種類に区別する。そして〈見えるもの〉とは、人間的で、死すべきものであり〈肉体〉の方はこのような種族に共通性を持っていること。また〈見えないもの〉とは神的で、不死なものであって〈魂〉はこのような種族に共通性を持っ

ている、とまあこういった意味のことを言っているのだ」

「さすがに専門家は研究していますね……」

　と氷室青年。

「これに対してアリストテレスは面白いことに、まったく違った意見を述べている。彼は魂と肉体とが、一つであるかどうかと探究するには及ばない、と言っているのだ。つまり〈ものとものの質料が一つであるかどうかと問うに及ばないのと同様である〉と言っている。アリストテレスにおける魂とは、われわれの形相であり、そしてそれは実体的なものなのだ」

「なるほど、そうするとぼくらにはアリストテレスの意見の方が理解できますね。現代的と言えるんじゃないかな。アインシュタイン博士が提起した、エネルギーと質量は同等であるという、例の相対論の有名な公式とも結び付くんじゃないかな……」

「それは面白い見解だな。私もそこまでは気がつかなかった……今度、その辺の所を調べてみよう」

　そう言いながら教授は上衣の内ポケットから手帳を取り出し、素早く何事かを書き付けた。

隣りに座っていた美果は（学者というのは大変だな。食事の時まで頭を使わなければならないのかしら……）と思うのだった。

「非物質的で、不可視のものが、どうして存在することができるのでしょうか……」

　と美果。

「尤もな疑問です。けれども、われわれ人間の条理というか、原理を超越しているからこそ、まさにそのことのゆえに、それは存在することができるのではないでしょうか」

　と神父が言った。

「つまりそれは理性で理解するものではなくて、われわれが全身的、全体的で了解するものであるというんだな」

　と砧が補足した。

「するとそれは知性ではうかがい知ることのできない、聖なる信仰の領域であるというわけですね。相も変わらぬ不可知論ですか。そしてわれわれの知性を越えた聖なる触れ合いということで、エロチシズムと比較されるところですね」

　と氷室。

　それに続けて、蛭間神父が

「私は最近シャルダン神父の著書を読みましたが、大変感銘を受けました。それは人間の存在を、宇宙というか、地球の進化の一環として捉えているのです。特に興味深かったのは、人間の歴史は単なる序列的な〈時間の流れ〉ではなく、それは進化し、積み重ねていく上昇運動であるということです。われわれの歴史性への、この垂直軸の導入ということは、画期的な事だと思います。つまり現在のわれわれの文明は何万年か、いや何億年かかかった地球の進化の結果であるというのです。そしてさらにわれわれ人間は、進化の究極の地点――オメガ点――それはそこにおいて、各個人が合一し、救済されるところの点――シャルダン神父の独創によって、彼が時間と空間を越えた彼方（異次元）に設定した一種のユートピア点――を目指して、進化し、上昇を続けるというのです」

「オメガ点ということは、終極点ということですね。そうすると、われわれは終末に向かって進化を続けているということになりますね……」

と氷室。

「終末には違いありません。しかしそれはまた同時に新しい生、新しい世界への入口でもあるのです。だから私は、オメガ点を終極点としてよりも、垂直に進化を続ける生命の〈頂点〉

として理解しています。何ものも、新しい生を得るには、一度死ななければなりませんからね……つまり地球の歴史における人類の誕生ということは画期的な事であり、さらに思考力の獲得ということは、重大な転回点であるというのです。そして二十世紀に入っての意識の領域の拡大——現在われわれの地球の表面は、この思考力と意識という新しい地層によって覆われているというのです。だからオメガ点とは、思考力と意識がさらに総合的に進化し、発展をとげた未来圏なのです」

「そうすると、それはやはり新しい形の宗教のようなものですね……」

と美果が問うと、神父は

「ええ、信仰の要素も入っています。しかし単なる信仰ではなく、科学に裏付けられた信仰です。そして何よりも大事なことは、これは新しいヒューマニズムであり、理想主義です。なぜなら、われわれが未来を信じないならば、破壊と終末を受け入れる以外にないからです」

夕食会の間中、本来この邸の主人である蓮沼氏は、一言もしゃべらず、一番大きな人物が、一番隅の席で、まるでそこに存在していることを忘れられた者のように、ひたすら食べ、飲み、そして相変わらず葉巻をふかしていた。

「あらあら皆さん、うちの御主人を見てくださいな。大きな子供と同じで、食べることしか能がありませんのよ。皆さんのお話はとても高尚で、うちの主人にはチンプンカンプン……でも、こういう私にもよくわかりませんの。せっかくこうして集まったんですから、お話ばかりじゃなくて、何か余興はありませんか。そうでないと、うちの御主人が退屈まぎれに皆さんの食事まで平らげてしまいますわよ。これ以上大きくなられたら、私はもう身が持ちませんわ……氷室さん、何かありませんこと……」

「そうですね……いっそ降霊祭でもやってみたらどうです」

「なんですの……その降霊祭って……」

「つまりですね……本当に〈霊〉が存在しているか、どうか、われわれで実際に試してみるんです」

「まあ、そんな事ができるんですの」

「幸いこういうことに詳しい藤波教授もおられることだし……」

と氷室は暗に誘いをかけるように、藤波教授に視線を送った。しかし、教授の方はあまり乗気がなさそうで、美果と何事か楽しげに語らいながら、食事に精を出していた。

氷室は教授に芳しい反応がないので、今度は神父に助けを求めた。

「神父さんはどうです。興味ありませんか。神父さんに証人になってもらえれば間違いありませんよね」

神父はもうかなり酩酊しているようだった。普段羽目を外すということが少ないだけに、今夜のような無礼講による集りは、神父にとっても稀な事なのだった。神父といえども近頃は、いつも事務的で義務的な通り一辺の会話や集りが多かった。日常生活で抑圧されている部分が多いだけに、何事につけても慎重で、けじめを持った蛭間神父でさえも、今夜はさすがにいつもの自分よりもはみ出してしまったなと感じていた。

「降霊祭などはわれわれ信仰者には無用のものです。信仰に信念のない人々の迷い事ではないのですか」

「いえ、神父さん、これはあくまでも遊びであり、今夜の余興としてですね……」

「神父さん、今夜は帰しませんわよ。ぜひ家にお泊りになっていってくださいな……」

蓮沼夫人も酔いが回ったとみえて、神父の腕を取って離さないのだった。神父も迷惑なような、嬉しいような、どっちつかずの気持ちで揺れていた。

「神父さん、たまにはお仕事を忘れて遊んでいってくださいな。神父さんの仕事を大事にするお気持ちはわかりますわよ。そういう神父さんの真面目なところが、私は好きなんですからね。でも、そうやって仕事、仕事と四六時中根をつめていらっしゃると、体にも悪いんじゃありませんか。たまには気晴らしをなさってくださいな。そのために今夜はお招きしたんですもの……」

蓮沼夫人のこの言葉は、揺れていた神父の心を、決定的なものにした。しかし、神父自身は自分の心の傾斜を、夫人の言葉のせいではなく、酒の酔いのせいにしていた。

「これは真夏の夜にはふさわしい出し物じゃないんですか……実際に幽霊が存在するか、どうか、自分たちで肝試しするんですからね……」

氷室は一座の顔を見回しながら、皆の気持ちを煽るように、また自分が言い出した以上、簡単に撤回しては沽券にかかわるとでもいうのか、さかんに喧伝するのだった。

蓮沼夫人も元はと言えば自分が氷室に催促したのだから、氷室の肩を持ちたいのだが、なにせ降霊祭というものの内容がよくわからないために、孤軍奮闘している氷室に加勢してやりたいような、また何やら恐いような、複雑な気持ちなのだった。つまり自分ではどっちつかずで判断をしかねていた。しかし、蛭間神父が承知するならば、夫人は当然一も二もなく、神父に加担するつもりでいた。夫人の賛成権は神父の手に、というか意志に、御心に委ねられていた。

しかし、神父自身は夫人のそうした心の動揺など知るよしもなかった。神父は考えていた。適当な時を見計らって退散すべきだろうか。それとも、このままずるずると居続ければ降霊祭とやらに巻き込まれかねない。だが降霊祭などといったところで、所詮は見よう見真似の稚気に類した遊びにすぎまい。酒宴の席の戯れに、大の男が目に角立てて咎めるのも大人気ないな。それではせっかくの酒席が白けてしまうだろうし、そうなっては蓮沼夫人に申し訳ないな。それに今夜はいつもに似ず、なぜか興が乗って、自分の信仰上のことまでしゃべってしまったことにも原因の一端はあるのかもしれないし……ここで私が帰ってしまっては、尻切蜻蛉に終わってしまうな。日頃何かとお世話いただいている蓮沼家のことでもあるし……。

神父と夫人は隣り合わせの席に座って、夕食を共にし、歓談しながら、互いの気持ちが解らぬままに、自分の気持ちを整理していた。

砧と美果は降霊祭に関して、興味と馬鹿々々しさが相半ばしていた。降霊祭のことは書物などで知識としては知ってはいたが、それを実際に執り行うなどということは、もちろん初めてのことだった。だから二人にとっては〈霊〉の存在うんぬんということよりも、それが〈初体験〉という意味で興味があるのだった。体験していない以上は、それをまったく頭ごなしに退けるわけにもいかないなと感じていた。強いてどちらかといえば、むしろ乗気の方にわずかばかり重さが傾いていた。それには恐いもの見たさの弥次馬根性もまったく無いわけではなかった。だから藤波教授さえ承知すれば、二人は文句なしに参加することは間違いなかった。

その藤波教授だが、頃合を見計らってやおら立ち上がると言ったものだ。

「それじゃ皆さんの御要望にお答えして、降霊祭でもやってみましょう……」

これで一座の流れが決定付けられた。

「けれども、何が出てきても、私は責任を持ちませんよ」

人々は思わず顔を見合わせるのだった。

しかし、それぞれの思惑を胸に秘めながら、一座は食堂から広間の円卓に座を移した。

藤波教授の指摘で、部屋の明りをすべて消して、円卓の中央に大きな蠟燭を一本立てた。つい先まで、食堂の明るいシャンデリアの下で、飲み、食い、騒いでいた人々は、一転して暗闇と静寂の世界に入り込み、戸惑い、たじろぐのだった。なにしろ、自分の隣りに座っている人物の顔さえ、はっきりと解らないのだった。

しかし、しばらくして次第に目が慣れてくると、誰であるか、顔の輪郭ぐらいは、どうにか判明した。それに、月の光が意外に明るいのだった。これは驚きであり、発見だった。人工灯に慣れ親しんだ目には、月の光など微弱なものだが、蠟燭の焰には、月の光もかなり強力なものなのだった。

その月光は窓から青白く、部屋の中に射し込み、なにやら深い海の底にでも落ち込んだような、異様な雰囲気にさせるのだった。それに、蠟燭の焰が揺らぐから、影も揺れ、波のように、部屋が揺れ、闇が揺れるのだった。

こんな体験は初めてだった。人々はもうすっかり船酔いにでも患ったように、肝心の降霊祭を始める前から、酔っていた。

藤波教授の指示に従い、人々は円卓の上に手を乗せ、お互いに隣りの者の手と手を握り合った。そうすることが、降霊祭の儀式であるらしかった。それはまた、出現した霊の運動と、一座の人々の動きとを、混同しないための配慮でもあるらしかった。

「体を楽にして、肩の力を抜いてください」

藤波教授が指導をする。

人々は意志をなくした操り人形のように、藤波教授の意のままに柔順に従っている。

藤波教授の声が、禅僧の一喝のように、闇のしじまを震わして、凛として響いた。

「無念無想……心を空白にして……思念を蠟燭の焰の一点に集中して……」

人々は不動金縛りにでもあったように、ビクッとして肩を震わせ、互いの手を、懸命に力を込めて握り締め、あとはただ揺れる蠟燭の焰を見つめ、そのまま凝固した。

藤波教授が小声で呪文のようなものを唱え始めた。それが、その場の雰囲気をいやが上にも呪術的、異教的なものにした。

砧は朦朧《もうろう》となる意識の底で、これを第三者が見たら、どのように思うだろうかと、思いを巡らしていた。そのように思うことで、薄れていく意識を辛うじて支えていた。

砧の手も、美果の手も、汗ばんでいた。

砧、美果、氷室、蛭間神父、蓮沼夫人、蓮沼氏、藤波教授という具合に、円卓に円環になって、手を繋ぎ合っていた。初めは遊びとして高を括っていたが、今は完全に呪《のろい》の中に呑み込まれてしまっていた。人々は自ずから緊張度が加わり、何ものか〈霊〉の出現の予感に戦《おのの》くのだった。

互いに異なった人々の意識エネルギーが、握り合った掌を通して、一つに循環し、それが円卓の中心で、燃えて、揺らめく、蠟燭の焔の一点に、集中し、感応し、一種の精神的磁場を形成する。という仕掛けであるらしかった。人々の精神的エネルギーが、なにほどか不可量、不可測の質量に、質的転換をとげるとでもいうのだろうか……。

人々の顔も、青白い月光と、蠟燭の焔の陰影とで、非現実的な別人のように見えた。

蠟人形……息をしていることすら疑われるほどに、息を殺し、思いを凝らしている人々を見て、美果は一瞬、時間が停止してしまい、その場に凍り付いてしまったような、生きながら死んでしまったような、死んだ人々の中にいるような、まったく見知らぬ場所、見知らぬ人々の中にいるような、孤独感に襲われた。

その時、一陣の風が、締め忘れた窓から侵入して、蠟燭の焔を吹き消した。

すわ、〈霊〉の出現か……。

人々は騒然とした。

しかし、それが風の仕業と解ると、皆は安堵感に胸を撫でおろした。と同時に、目から鱗でも剝がれたように、さっきまでの憑物に取り付かれたような状態から、すっかり元の自分に戻っているのだった。さっきまでの自分が、まるで嘘のようであり、夢のような気がした。

部屋に明りをつけた。

人々は嬉々として、それぞれの自室に引き取って行った。

帰り際に、藤波教授が砧にそっと耳打ちした。

「私はね……あれは般若心経というお経の文句を唱えていたのだよ……」

そう言って、悪戯っぽく片目を瞑ってみせた。

「お経ですって……教授……」

砧はしばらく開いた口が塞がらなかった。

教授にすっかり担がれてしまったと思った。しかし、そう思った途端、気持ちが急に軽くなり、腹の底から笑いが込み上げてきた。

藤波教授の言によれば、〈霊〉の存在うんぬんは副次的なものであり、この物質文明の中で、霊的、精神的なものに関心を寄せるということこそ大切なことであり、また、こうして異なった人々が一つの円環になって、時間と場所を共有し、思念、精神を集中することは、それだけで日常の中の非日常的異次元に誘われたようで、ストレス解消に効果があるということであった。

そう言われてみれば、一種の宗教儀礼、あるいはヨーガ風の集団瞑想といった趣きが、しなくもなかった。なるほど、それでこうした儀式を、心理療法に応用しているということなのだ、と砧は納得するのだった。

しかし、その夜はそれで済んだが〈事件〉はその後に起きたのである。

第二部　蛭間神父の犯罪

1

その夜、氷室は神父を自室に案内した。およそ信仰などとは無縁と思える彼が、神父を招じ入れたのには、それなりの魂胆があったのだ。

彼は蓮沼夫妻と、ある取引をしていた。

彼は蓮沼夫人が、心中、秘かに神父を慕っていることを知っていた。

蓮沼氏――この物欲の権化のような――そしてまた、その貪欲さによってこそ、今日の地位を築いたのであろうけれども……蓮沼夫人にとって、神父の存在は、だからそうした蓮沼家の体質とは対照的なものの象徴としての意味を持っていた。

たしかに初めは、夫人にとって神父は純粋に、いわゆる言う所の〈神の代理人〉であっただろう。崇拝の対象であり、満たされぬ魂の依拠《よりどころ》であっただろう。しかし、神父と親しく接するようになり、そしてまた神父といえども一人の人間であり、一個の男性であることを知るにつけて、次第に夫人の心が傾き始め、いつか一線を越えて行ったであろうことは、夫人の性来の性質も手伝って、充分に察しがつくのである。

それに、神父も若い時はなかなかの野心家だった。今もって、その面影を止めている。夫人が慕うのにも、無理からぬものがあるのだ。あるいは夫人は神父に、柄にもなく、報われることのなかった初恋の人への思慕をダブらせているのかもしれない……。

それに神父の方も、夫人の心の傾斜を察知していた。神父もまた、心の底の方で、血腥いものの疼くのを感じていた。

それは久しい間忘れていたものであり、曽て克服したものであり、最早死に絶えたものと思っていた。消し忘れたのではなく、消し切ったと思った燠火《おきび》に、まだ火が残っていた。

神父は困惑を隠しきれなかった。表面的には平静さを装っていたが、内心は動揺していた。

しかし、一方で、神父はやはり冷静な心理の観察者だった。年の功というものだろうか。

現在の神父の地位と名誉と、そして蓮沼夫人の存在とを秤に掛けて量っていた。はたして、自分が獲得した地位と名誉を賭けるに価いするものだろうか……。

そして、神父は夫人の好意を危険なものと感じながら、気遅れし、少し煙たがり始めていた。

夫人の方は、神父が気遅れした分だけ積極的になっていた。神父が計算から割り出した行為を、慇懃さから出たものと解釈したのだ。そして夫人の出来心が、今や神父にとっては負担になりつつあるところの余分な情熱であるということを、理解しきれなかった。

一方、蓮沼氏の方もまた、夫人の心の有様を見透していた。

だが、蓮沼氏にとっては、夫人の心の有方など、本来どうでもよかったのだ。実際、現実に夫人の肉体を所有しているのは、まぎれもなく蓮沼氏であり、初恋の男性に思いを寄せていた夫人を、ほとんど暴力的に略奪してきたこの男にとって、いわゆる精神的とか、精神的愛などというものは、まったく無縁なものだった。

蓮沼氏が信じられるものとは、確かな手触りのあるものだった。冷たくて、しかも光沢を持ち、手にずしりと重い鋼鉄とか……なめらかで弾力のある女の肉体とか……。

だから蓮沼氏にとっては、夫人の肉体を支配していれば、それで充分なのだ。

たとえ、夫人が蓮沼氏の愛欲の下で、誰に心を奪われていようと、それが神父であれ、初恋の男であれ、あるいはひょっとして〈神〉であっても、そんなことは彼にとってはどうでもよいことだった。

なぜなら、事実として、夫人の肉体を支配しているのは蓮沼氏であり、夫人がどんなに思いをかけようとも、夫人の肉体が慰撫されるのは、まぎれもなく夫である蓮沼氏によってなのである。

むしろ蓮沼氏は、最近ではこの夫人の心の動きを、自らの欲望に巧みに利用していた。蓮沼氏も通常の夫婦生活では、いわゆる倦怠期にさしかかっていたのだ。夫人の心の揺れも、その表れかもしれない。夫の肉欲に苛まれれば苛まれるほど、またそれに逆比例して、満たされぬものとしての神父への愛が募るのだった。

しかも、自身の肉体は、夫の肉欲を拒否するどころか、さらに求めていた。むしろ積極的に受け入れようとしていた。だから蓮沼氏は、逆に蓮沼夫人の心変りの恩恵に浴していたのかもしれない。

愛の不可能性としての神父への思慕（精神的愛）が募り、心が渇けば渇くほど、また逆に肉体の慰撫を求めるのだった。こうして夫妻は倒錯的な愛欲に惑溺していた。

ある時、蓮沼氏は神父の服装で、ということはつまり神父に変装して夫人を慰撫することを提案したが、さすがにそれは夫人によって退けられた。

こうした夫妻の稚気に類する愛欲図を横目にしていた氷室は、ある謀《はかりごと》を企《たくら》んだのだ。それは夫妻の愛欲の場を、神父に覗見させる、というアイデアである。アイデアそのものは、悪いものではなかった。しかし、神父が自らそんな行為に乗るわけがない。いかにして自然な形で神父を行為に誘うかが、このアイデアの鍵だった。

氷室は蓮沼氏に、このアイデアを打ち明けた。蓮沼氏は一も二もなく跳び付いた。まるで、飢えたブルドックのように……。

そして、氷室はこのアイデアが成功した時には、娘の美果との結婚と、それによる遺産相続とを、その条件とした。しかし、氷室にとって、こうした条件はその本筋ではなかった。ほんの添物、いわば味付け程度に過ぎなかった。

彼にとっての本来の目的とは、蛭間神父の偽善的仮面を剝ぎ取ること、そのことだった。そしてまた、美果の嘗めた苦痛を、この神の代理人としての神父にも味あわせてやりたい、ということ。

だから、本当を言えば、蓮沼夫妻などは彼の企みからみれば犠牲者なのだ。いい見世物であり、晒者なのだ。

このアイデアは、夫人には内緒にしておいた。反対されたら、それまでだからだ。事が成就するその時に、蓮沼氏が打ち明ければよい。その方がスリルに満ちているであろう。つまり意外性に富んでいるであろう。

蓮沼氏は、その日の来るのを、首を長くして待っていた。

降霊祭は、まさに千載一遇の好機到来と思われた。

天から降って湧いたようなお恵みだった。この機会を利用しないという法はない。

神父の方は、これはまったく魔が差したとしかいいようがなかった。もの好きな者達の座興に、ほんの遊び心で付き合ったのが、そもそもの間違いだった。引きあげる時期を逃がし、ずるずると彼らの思惑どおりの深みに嵌り込んでいった。

蓮沼家で一泊ご厄介になることになってしまったのが、事の発端だった。

氷室が神父をその部屋——かねてから蓮沼夫妻の寝室の隣にしつらえておいた——案内した。

「今夜は神父さんのために、ぼくの城を明け渡しますよ……」

「それはどうも……ご迷惑ではなかったですか……」

「とんでもない……神父さんに泊ってもらえるなんて光栄の至りです……ところで、この機会にぼくは神父さんに罪を告白して、懺悔しなければならないことがあるんです……」

「なんですか、あらたまって、もう遊びはごめんですよ。私も今夜は疲れました……」

「いいえ、真面目な話なんです。実はぼくには悪趣味というか、悪癖がありましてね……他人にはとてもしゃべれないんです。神父さんだからこそお話しするんです。実を言えばぼくの隣の部屋は、蓮沼夫妻の寝室なんです。ぼくはまだ独身でしょう……夜になりますとね、物音が聞こえるわけですよ……自然と聞耳を立ててしまう……聞くまいと思っても、音の方が聞こえるわけです……むしろこれみよがしに独身者をからかって楽しんでいるというふうさえあるんです。ですからぼくの方としましては、始めは物音を聞くだけで、想像で楽しんでいましたが、次第に病いが昂じて、覗見をするようになりました……この事は、夫妻には内緒にしておいてください。こんなことがばれたら、ぼくはこの家には居られませんからね……これは神父さんだからこそお話ししたんです。ぼくもだいぶ気持ちが楽になりました……これを機会に、この悪癖はやめられそうな気がします。じゃ、神父さん、ごゆっくりお休みください。お疲れのところを、ぼくの勝手な繰言をお聞かせして、すみませんでした……神父さん、ぼくを疑っているようですね。ぼくが冗談半分で、神父さんをからかっていると思っているのですか……ぼくの話が本当か、嘘か、それを確かめたかったらそう……その壁際の書棚の上から二段目の、ちょうどメッツガーの〈視覚の法則〉という本が並んでいるあたりを抜き取れば、その仕掛けがあるはずです……今夜、神父さん自身の目で、その証拠を確認してください……」

それだけ言うと、氷室は部屋を出て行った。

後に残された神父は、それが氷室の策略だとも知らずに、半信半疑だったが、昼間の疲れも手伝ってか、いつの間にか眠ってしまったらしい。

小一時間も眠ったのだろうか。隣りの部屋から聞こえるらしい物音で、目が醒めた。洩れ聞こえる、女の鼻にかかったような呻き声は、どうやら尋常でない様子だ。

神父は氷室の言葉を思い出していた。自動的に、視線は壁際の書棚を探っていた。

(上から二段目……メッツガーの〈視覚の法則〉の並んでいるあたり……)

あった……書棚の真中あたりに、確かにメッツガーの〈視覚の法則〉という、かなり大版の書物が並んでいた。そして、そう言えば呻き声もまた、ちょうどその書棚の、その書物の裏側あたりから聞こえてくるように思われるのだった。

神父は迷った。はたして、確かめるべきだろうか……。

神父はまだ氷室の仕掛けた罠に気付いていなかった。


蓮沼氏の方は、ようやく訪れてきた僥幸に、心を躍らせていた。どうやって、神父の鼻をあかせてやろうかと考えていた。

これで、妻に対しても、神父に対しても、日頃の面目を保つことができると思った。自分を決定的に優位な立場に置くことができると……妻に対しては、肉体の支配者として、そして、その事が神父に対しては、同時に愛の不可能性の証明として……。


蓮沼夫人は、まだそのことを知ってはいなかったが、その夜寝室で睦言の最中に、蓮沼氏によってそのことを知らされた。

夫人にとっては、まったく寝耳に水の出来事だった。夫人は驚きながらも、一方で夫の悪い冗談と高を括っていた。蓮沼氏の嫉妬心が呼び覚ました妄想であり、小細工であろうと考えた。考えながら、夫人は夫にしてはなかなか上出来の細工だと思った。

夫人は近頃はいくらかやけ気味になっていた。神父に対しての情熱も、報われそうにないものと諦めかけていた。その萎え凋みそうになっていた情熱が、今点火されたような気がした。おさまりかけていた火力が、息をふき返す。それが最終的であり、かつ絶望的であればあるほど、その力は大きいはずである。

夫人にとって、神父が隣室に存在していても、存在していなくても、それは等価だった。神父は夫人の情熱の中に、まさしく存在していた。

隣室の壁の視線を意識すること……それが愛する男の視線であり、しかも愛の不可能性としての、禁止された愛である時……。

蓮沼夫人にとって、この情熱はほとんど信仰に近い情熱ではなかっただろうか……というよりも、自身の信仰心を、神父への情熱と取り違えていたのではなかっただろうか……。

神父の視線……それは、蓮沼夫人にとっては〈神の視線〉のようにも思われた……。

視られているという意識を、つまり愛欲の中に、視線を参加させることによって、演戯としての情熱が高揚するのだった。愛する人に、最高の演技と舞台を見せてあげたい。肉体を夫によって凌辱され、その凌辱される肉体の行為を、愛の不可能性として精神的に愛している神父によって、視られていると意識すること……。

蓮沼夫人は、肉欲の極みにおいて、夫の行為と、神父の視線を重ね合わせ、さらに夫の行為を、神父の行為に代換するのだった……それは、夫人にとっては〈祈り〉のようなものであった。いうなれば、夫人流の神父への愛の告白だった。

神父は、まさしく視線そのものと化していた。

夫人の祈りが通じたのであろうか。

神父もさすがに氷室の罠を悟っていた。

しかし、もう後へ引き返すわけにはいかなかった。

ここまで来たからには、堕ちる所まで、堕ちろと思っていた。

そして、今まさに、神父の視線のために、閉ざされていた肉の幕が開かれようとしていた。

それは神父に捧げられた、愛の供物だった。それは、その開ききった花弁に、なまめかしく光り耀く真珠色の蜜の雫が零れんばかりに溢れた、肉の薔薇、血の華だった。それを目にすることは、神父にとっては、苦痛の快楽以外の何ものでもなかった。

2

砧は精神科医として、心理療法に関するある試案を持っていた。その論文を仕上げたいという目的もあって、この別荘に滞在したのだった。

その論文というのは、概略次のようなものである。

《瞑想歩行に関する試論——要旨》

I

われわれの日常はあまりにも目的化されている。卑俗な言葉で言えば、用事が多すぎる。つまり、猥雑すぎるのだ。われわれの日常時間は、この実用性なる語によって、網の目のように支配されている。この合目的性、有効性の神話の束縛から、まず脱却すること。

Ⅱ

〈坐禅〉というものがある。

禅の持つ瞑想性を〈坐る〉ことにではなく、〈歩行〉することに応用したいのである。

しかし、それは不可能であると言うかもしれない。禅とは、坐して行ってこそ、意味があると。〈歩行する禅〉とは、それ自体パラドックスであると……。

Ⅲ

われわれはここで禅というものに、あまりこだわりたくはない。〈禅問答をするつもりはない〉ただ、それの持つ、瞑想性を抽出したい。そして、それに加えて、われわれの意識をまず〈無目的化〉することである。そして、そのうえでわれわれは〈行為〉しなければならない。

つまり、一度自己自身の内部に入った後に、今度は自己自身の外部に、すなわち自己の身体＝部屋＝家から、外に出なければならない。この点が、いわゆる坐禅との決定的な違いである。

つまり〈瞑想する自己の身体の場を移行する〉これが〈瞑想歩行〉の定義である。

Ⅳ　〈わたしは他者である〉という言葉がある。自己を意識的に遊離、あるいは剝離する操作。意識的夢遊体験、あるいは意識的浮遊体験。〈無意識的夢遊体験は夢遊病者である〉

われわれの目的意識とは〈方向感覚〉と密接に結び付いている。前進、前向き、進歩、発展、向上……つまり、目的性、効用性からの離脱とは、方向感覚を意識的に〈狂わせる〉ことである。都市環境の中で、われわれの進むべき方向を、直感的、ゲーム的、想像的に選択することである。義務的、経済的、実利的……にではなく。

日常的に知りすぎた環境の中で、一時的に、意識的な迷い子になること。そのことによって、見知らぬ環境と、見知らぬ自己自身に出会うこと。

Ⅴ　言葉を変えて言えば、これは意識的迷路ゲームと呼んでもよいかもしれない。

つまり

①　日常性の中における異体験を通じて

② 環境と自己自身の見直しを図ること。

砧はこの想案を誰よりもまず第一に、美果に試してもらいたいと思っていた。幼児から傷つきやすく神経症体質だった美果に、少しでも役に立てばと願っていた。

「美果ちゃん、ぼくは今、心理療法についてある試論を持っているんだが、それについて協力してくれないかな……」

「まあ、それは何かしら……私にもできることかしら……」

「もちろん、美果ちゃんにだってできる、簡単なことなんだよ」

と砧は自分の療法の意図するところを説明した。

「それは面白そうね……それだったら私にもできるわね……」

「協力してくれるかい……」

「ええ、喜んで……皆にもやらせてみましょうよ……」

「うん、ぼくとしてもできるだけ多くの人に試みてもらって、データを集めたいんだ。ある意味では、まだ思い付きといった面を出ていないかもしれない。そのためにもより多くの人に参加してもらって、不備な点を煮詰めていきたいと思っているんだ……」

そして砧は、実験の結果を整理したら、専門誌に発表したいと思っているのだ、と付け加えた。


その日の午後、美果は砧の言う瞑想歩行を試みた。

林の中の小径は、自然の迷路のようで、迷っているかと思うと、またいつの間にかもと来た径に出て来たりする。さっき歩いた径だからと油断していると、知らぬ間に径に迷い、気がついてみたら、誰だか知らぬ人の別荘の庭に迷い込んでいたりする。そんなたわいもないスリルが面白く、美果は子供に返ったように、自分を意識的に迷子にさせて楽しんだ。

そんな遊びに疲れると、美果はとある木陰に腰を下ろして休んだ。木の枝ごしに眺める空は、幾何学模様の衣裳を着たようだ。心身共に自然の中に投げ出した。こんな解放感に浸ったのは何年ぶりだろうかと美果は思った。ほんのひとときではあれ、幼年期の黄金時代に返ったような気分を味わった。

こころよい涼風に吹かれていると、自然と睡気を催し、美果はいつの間にか微睡《まどろ》んでしまったようだ。

近くで人声がして、目を醒した。

しかし、辺りを見回してみたが、人は誰もいなかった。木々と草原と空の中に、自分一人が佇んでいた。どうやら、微風に鳴る、木の葉の葉づれの音のようだった。あまりに静かなために、それが耳元でする人の囁きのように聞こえたのだ。

その時である。美果に、その症状が現われたのは……。

空の中へ、さかさまに落下していくような眩暈《めまい》に襲われたのだ……。

美果は一瞬、目を閉じて、大地に俯《うつぶ》した。いや、俯した、というよりも、大地に齧り付いた。空の中へ、振り払われそうに思えたのだ。

自分も、草も、木も、石も、家も、重力の軛《くびき》を解かれて、大地から根刮《ねこそぎ》さかさまに空の中へ吹き飛ばされていくような……。

胸が激しく動悸しているのがわかった。

美果には、自分の心臓の動悸が、まるで大地そのものの心臓の鼓動（もしも大地に心臓があるならば）のように聞こえるのだった。（ああ、生きている）と実感された。それは大地と一体となったような、不思議な安堵感だった。

それは生理学的には、眠っていた者が急激に立ち上がることによって起こる、いわゆる立暗《たちくらみ》という現象であると説明がつくのだが。そして、美果もそうやってしばらく俯せになり、呼吸をととのえていると、やがてその症状も治まった。

しかし、症状は治まったけれども、その記憶は残った。ある恐怖を伴った、快感の幻影として……。


神父は眠もやらず、ひたすら報復の方法を考えていた。

自分が味わった苦痛の快楽を、あの三人にも味あわせてやりたかった。

彼らの快楽のための餌食になったこと……視線＝見る者として、彼らの快楽のための増血剤になってしまったこと……しかも、そういう自分を否定しきれず、おめおめと共犯者になりおおせてしまったこと……。

あれこれを考えると、やりきれない思いがした。

特に、氷室という、あの若僧が憎かった。昼間、柄にもなく、口車に乗せられて、つい内心の思いなど喋ってしまった後だけに、何だか仮面でも引きはがされたように心が痛んだ。

彼を落としめる最も有効な手段は何だろうか……。

蓮沼夫妻と氷室の三人に共通した弱点とは何だろうか……。

氷室にとっては婚約者であり、蓮沼夫妻にとっては一人娘である……美果……。

しかも、物欲の権化のような蓮沼氏が、日頃溺愛している、いうなればアキレスの踵ともいうべき存在だった。

神父は復讐の標的を美果に定めた。


翌日、帰りぎわに、神父は氷室を誘い出した。

「昨夜のあなたの趣向は大変面白かった……」

「気に入ってもらえましたか、神父さん……」

「今度は私があなたにお礼をしなければなりませんね……」

「お心遣いは、無用ですよ……」

「あなたにすっかり見透かされてしまったから、あなたのお力になりましょう……」

神父はいかにも気落ちしたように、へりくだった様子で申し出た。

「これ以上ぼくは神父さんに御迷惑をおかけする気持ちはありません」

「ええ、あなたの気持ちはわかります。ですが、それでは私の気持ちが収まらないのです」

氷室は、自分の予想以上に、神父に打撃を与えたらしいので、なんだか神父が気の毒になっていた。その上、一種の口封じのためとでもいうのだろうか、何か取引をしようとしているらしいのだ。氷室も、そこまでは考えに入れていなかった。

「どうでしょう……宗教界にお入りになったら……あなたさえ、その気になられたら……私が骨折りいたしましょう……」

「えっ。……何ですって……何ておっしゃったのですか……」

神父の言葉は、氷室には即座に理解できない外国語のように響いた。反芻する時間が必要だった。

「私の後継者になってもらってもよいのですよ。あなたの能力は、むしろ宗教家の方が向いているのじゃありませんか。蓮沼家の後取りになって、実業家になられるよりも……」

「ぼくが宗教家にですって……このぼくが……」

「そうですよ。人生の転機なんて、どこに転っているかわかりません。あなたと出会えたのも、神の御導きでしょう。あなたとは精神の深い所で繋がり合っているような気がしてなりません」

「神父さんて、本当に心の広い方なんですね……」

氷室は感に絶えないというふうに、呟いた。

「いいえ、私はただ自分に忠実に務めを果たそうとしているだけです……」

「けれどもこのぼくに、神父になる資格があるでしょうか……」

「ありますとも。あなたの才覚なら、私を踏台にして、さらに能力を伸ばすことができますよ。そのために、私ができるだけのお手伝いをいたしましょう……それには、一つだけ条件があるのです……」

「何でしょう……条件とは……」

「神との契約の証が欲しいのです……」

「ということは、つまり蓮沼家との縁を切り、婚約を解消するということですね……」

「そうです。あなたに、それができますか……その覚悟がありますか……」

「ぼくが婚約を解消すれば、蓮沼夫妻はむしろ喜ぶでしょうね」

「婚約解消というのは、消極的な条件なのです」

「消極的な条件……」

「積極的な条件というのがあるのです……」

「積極的な条件……」

「あなたの婚約者である美果さんを、神との契約の証として、神に捧げてほしいのです」

「神に捧げるとは……」

「供犠です……」

「神への貢物……」

「神があなたの願いを聞き入れるためには、あなたにとって最愛のものを、神に捧げなければならないのです……」

「それが信仰の掟なのですか……」

「今、あなたにとって、神は〈幻〉にしか過ぎません。その〈幻の神〉を現実化し、肉体化するには、血が流れなければなりません」

神父は、いわゆる神憑的《かみがかり》といった感じで、氷室に託宣するのだった。

今や二人の関係は完全に逆転していた。神父の方が有利な立場に立っていた。氷室は、思いがけない神父から提出された条件に、すっかり面喰らっていた。

二人がこんな会話を交わしながら、雑木林の小径を歩いていた同じ時刻に、美果が近くの草叢で微睡んでいたのである。

だから、美果が耳にした人声と人の気配は、まったくの空耳ではなかったのだ。ただ、美果が見回した時には、二人の姿はすでに雑木林の陰に隠れて、美果がいた場所からは見ることができなかったのだ。まして話の内容など、美果にわかろうはずがなかった。

快く晴れ渡った、夏の日の昼下りであった。

積乱雲が遠くの山波の頂に湧き上り、蟬時雨が夏の暑さを盛り上げる、狂想曲の役目を果たしていた。

3

その夜、砧は床に入ってからも、なかなか寝付かれなかった。元来、寝付きの良い方ではないが、その夜は特に寝苦しかった。

高原の避暑地にしては、珍しく蒸し熱い夜だった。雨が降り出しそうで、降りきれなくて、その直前の湿温が極度に膨脹したという感じだった。

昼間、植物たちの上に、太陽が降り注いでいった熱気が、今、精気のようにゆらめいているようだった。植物たちの夜の時間が始まろうとしていた。

砧は寝付かれないままに、漠然と考えごとをしていた。

この蓮沼家の別荘に滞在してからの出来事……美果のこと……また自分の仕事のこと……将来のこと……など……。

眠れないから考える。考えると、また余計眠れなくなる。そんな悪循環を繰り返しているうち、いっそ頭でも冷して、気分転換してみようと、庭へ出てみることにした。

月夜だった。

月光が、庭園や建物を青白く浮かび上がらせていた。昼間見る蓮沼家とは、また趣きを異にした姿、形を見せていた。夢のような……幻のような……。

男性的な太陽の光とは違う、女性的な月の神秘的な光……陽性に対する陰性という、冷たさを秘めた光……。

月の光を浴びると、自然がたちまち変身し、人工的になってしまい、さながら舞台装置のようになってしまう。昼間見る景色とは、同じ景色でありながら、なぜこうも違うのであろうか……昼間の明確なコントラストに対して、夜はお互いの境界領域が不分明なままに、浸蝕し合うせいだろうか……。

美果の部屋の明りも、まだ付いているのだった。彼女もやはり眠れないのだろうか。今夜は不眠症患者が多いようだ。

(月と不眠症とは、何か関係があるのではなかろうか……これは調べてみる価値がありそうだ……というのは冗談だが……)

と砧は誰に言うともなく独りごちた。

美果の場合は、窓際のスタンドの明りだから、書きものか、読みものをしているらしい。恐らく、大学に提出するレポートでも書いているのだろう。

庭園の薔薇の花が、夜の中に、妖しく、密やかに息づいている。月の光を降り注がれて、微笑んでいる。

夜の花園は、花たちが密かに自分たちの会話を楽しんでいるようだ。耳を澄ますと、物音、騒《ざわ》めき、囁きが、聞こえてくるようだ。

砧がそのように、花たちに見入り、聞き入り、花たちと一体感となって没入し、我を忘れた状態で、何気なく上を見上げ、月を見ると、月の中から銀色に光る糸を伝わって、黒い影が薔薇の花園に降りてくるのだった。

砧は夢を見ているのだろうかと、自分の目を疑った。しかしよく見ると、それは一匹の大きな蜘蛛――砧が今まで見たこともないような、大きな蜘蛛だった。しかも、それは体に黒と黄色の斑模様の色彩があったから、恐らく毒蜘蛛の一種であろう。

それが木の枝から糸を伝わって、逆さまにぶらさがりながら、空中でその細い長い足を踠《もが》くかのように、いかにもグロテスクに屈伸させながら、薔薇の花の上に這い降りようとしているところだった。それが砧の目の錯覚で、月の中から――というのも、偶然その木の枝の下に、月の位置があったものだから——その黒い影が糸を垂らして現われ出たように見えたのだった。

その蜘蛛は、まるでそうすることを楽しんでいるかのように、体をゆすり、薔薇の上を空中ブランコのように、行ったり来たり揺れていた。そうすることによって、どの薔薇の上に降りようかと、見当をつけているようだった。そうして、時に片足で（あるいは片手と言うのだろうか）ぶらさがって、落っこちそうになるのだった。

さかさまに腹を見せて、踠く仕草をするのだが、決して落ちることはないのだった。それは、まさに熟練した軽業師という感じだった。あるいは、自分の獲物に見せる、勝利のダンスのようにも見えた。そうして、揺れるたびに、銀色の糸が、月光に刃物のように光るのだった。

その毒蜘蛛の出現というハプニングによって、砧はそれまでの夢幻的な気分から、一息に現実に引きもどされた。しかも、その現実は（毒蜘蛛のせいばかりとは思えないが）不吉な予感に満ちた現実だった。

砧の〈予感〉が的中したのだろうか……。

その翌朝、自室で睡眠薬を多量に服用して自殺した、美果の死体が発見された。


第一発見者は、お手伝いの老女である。

その朝、食事の時間になっても起きてこない美果を迎えに行き、その死を知ったのだった。しかし、老女には美果が眠っているとしか思えなかった。それほどに美果の死は、静かで異常さのない、普段と変わらない、いつもの朝の寝姿のままであった。ただ、永遠に起きることのない寝姿、ということを除いては……。

しかし、砧にとっては、その異常さのないということが逆に謎となって、棍棒で頭蓋を殴りつけられたような衝撃を感じた。大袈裟に言えば、世界が真っ二つに引き裂かれてしまったような……。

〈大袈裟〉と書いてしまったけれども、砧自身の心情においては、それは大袈裟でも、何でもなかった。それは、そのとおり真実だった。

関係者に宛てた、何通かの遺書が残された。その中には、砧宛てのものもあった。

時間を推測すると、昨夜砧が眠れぬままに庭園を散歩していた、あの時刻……美果の部屋の明りが付いていたが……あの時、彼女は〈遺書〉を書いていたのだろうか……そんな事とは知らずに、自分は暢気に散歩したり、薔薇を観賞したりしていた……昨夜の不眠の原因は、美果の危機……彼女の救助の求めではなかったのだろうか……自分はその信号、合図を受けとめることができなかった……いや、その予兆、予感を心の奥底に感じていながら、それを感じれば感じるほど、それが現実となることの恐さに、自分は目を瞑ろうとしていた……直視することができぬまま回避しようとしていた。避けなければならぬ最悪の事態として……しかし、それが今、白日の下に曝け出されてしまった……避けて通れぬ現実として……それは精神の最も内奥に秘匿していたものが、何ものかの手によって、強引に人々の目に晒されてしまったという感じだった……。

それでもなお砧は、できるならば美果の死を現実のものとして信じたくはなかった。女女しいと思われようとも……。

(美果よ、君は眠ることがあまりに心地好いために、起きることを忘れてしまったんだね……)

砧はそう心に呟いて、傷の深さを少しでも柔らげようと思うのだった。

《美果の遺書》

砧従兄《にい》さん……

従兄さんがこの手紙を読まれる時は、私はもうこの世にはおりません。なぜこんな事になってしまったのか、一言話してくれなかったのか、と言われるでしょうね、きっと。

でも、私にはこうするしかなかった……。

誰のせいでもありません。私自身の問題です。

氷室もかわいそうな人。あの人は病気なんです。肉体の病いではなく、心の方のね。強いて名づければ、夢想病とでもいうのかしら。（こんな病名あったかしら……）

従兄さんも薄々は感づかれていたことでしょう。そう……空想と現実とが混同して、見境《みさかい》がつかなくなってしまう……あれです。

夢想癖……。

でも、この病いは多かれ少なかれ、誰にもあるのじゃないでしょうか。従兄さんにも、きっと心当りがおありでしょう……。

私たち二人を結び付けたのも、この夢想病でした。私たちはお互いの夢想病に、自分の影を見たのかもしれません。

私もまた、自分の人生を物語に移し変えたい、というのが、少女の頃からの秘かな夢でした。

そしてまた、あの人にも夢がありました。それは従兄さんも御存知のように恐ろしく突飛な夢……だからこそ夢といえるんでしょうね……《新しい神を降臨させる》という夢です。

私たちは皆それぞれに〈夢〉を抱いています。その意味では皆〈夢想病者〉です。ただ、それが重症であるか、軽症であるかの違いです。私たち二人は、多分重症の夢想病患者だったのです。

あの人は〈夢の啓示〉を得たと、私に話しました。さしずめ、夢のお告げとでも言うのでしょうか……従兄さんは、こんなこと信じますか……。

私には、あの人一流の作り話だってこと、わかっているんです。でも、信じてやることにしました。

それはこんな夢だったそうです……。(御参考までに、従兄さんにも教えてあげますね……)

そう……滝があって……辺りが冬景色で……一面に雪が積っていて……滝が流れずに……氷ってしまっている……氷る滝……その透とおった氷る滝の中に……一人の裸の少女が閉じ込められて……氷り漬けになって……十字架に磔《はりつけ》られたキリストのようになって……死んでいる……というのです……。

下手糞な話ですね。

でも、あの人らしい夢物語です。そして、この夢物語に註釈がつくんです。つまりこの夢には〈神が少女の死を欲求している〉という意味が隠されているというのです。

新しい神が降臨するためには、少女を捧げなければならないそうです。

何という悪い夢を見てしまったのでしょう。あの人は夢に憑《と》りつかれて、その夢が大きく脹らみ過ぎて、とうとう夢に喰われてしまったのです。

でも、私が死ぬのは、あの人の言葉を信じたからではないんです。私自身で決意をしたのです。

それに、これは私の推測ですが、氷室一人であのような話は作れないでしょう。きっと氷室の後に、共作者がいると思います。でもそんなことは私にはどうでもいいことです。

私が決意したのは、私自身の啓示を得たからです。

それには従兄さん、従兄さんの〈瞑想歩行〉が関係しているんです。でも、従兄さんのせいだなんて、思わないでください……それは奢《おごり》というものです。

私は〈瞑想歩行〉を終えて、久しぶりに心・身の解放感を味わい、一種の陶酔感というか、虚脱状態になり、そのまましばらく眠ってしまいました。人の気配のようなものを感じて、目を醒まし、はっとして我に返り、立ちあがった時にその啓示を受けたのです……。

それは空に向かって逆さまに落ちながら上昇していくという感覚です……。

その時は、眩暈《めまい》のような恐怖感で、無我夢中で倒れ伏しました。家に帰り、冷静になって、考えました。

あのイメージは何だったのだろうか……何の合図だったのか……。

その時、蛭間神父が話してくれた、シャルダン神父の例の〈オメガ点〉が思い浮かびました。

そうです……私はオメガ点＝空の中心点へ向かって、逆さまに落下しながら吸い込まれていたのです……。

私は信じました。これはオメガ点の恩寵であると……。

オメガ点が私を誘い、オメガ点が私を必要としていると……。

私は誰のものでもない、私自身のオメガ点へ跳躍します……。

そのためには、肉体は否定されなければなりません。私にとって、肉体は精神の鎧《よろい》であり、重石《おもし》でしかありません。つまり、肉体は精神を大地に繋《つな》ぎ付けて置くための錘《おもり》にしか過ぎません。

私は、精神の精神、精神そのもの、至上の精神になりましょう……。

私が死ぬということは、私が自分の意志で、肉体の錘を取り除くことです。それはまた同時に、この世界を否定することによって脱出し、オメガ点の向う側へ再生することです。

従兄さんは、いつか話していましたね。自殺者の遺書を研究してみたいと……。年齢別、性別、職業別に収集、分類して、自殺の病理学、遺書の社会学とでもいうものを試みてみたいと……。

通常の世界が正の世界ならば、自殺者の遺書を通して、負の世界とでもいうものを構成してみたいと……凹んだ鏡や歪んだ鏡、ひび割れた鏡に映った負の世界のイメージ……。

従兄さんに分類されたら、私の遺書はどうなるのでしょう……。

今夜は、とても奇麗な月夜です。

月を見ながら死ねるなんて……最高です……月の女神か、かぐや姫にでもなった気分です。

もう、あまり時間がありません。

最後に、美果から従兄さんに質問があります。

世界が存在することと、私が私であることと、どのような関係があるのかしら……。

サヨナラ　ニンゲン
サヨナラ　ジンルイ

砧従兄さんへ

美果

4

美果の死体が発見された、その翌日、今度は近くの雑木林で頸《くび》を括って死んでいる、氷室の死体が発見された。

頸を括っていると書いたが、正確には足を括っていると書くべきかもしれない。というのは、通常の頸吊り自殺ではなく、逆さまにぶらさがっていたからだ。つまり、足首を木の枝から吊るし、頭を地面の方に垂らしていたのだ。

なぜ彼が、こんな異様な……というか、変則的な死に方を選んだのか……。

不用意に自殺と書いてしまったけれども、その変則的な死に方から、初めは他殺説が出た。

しかし、周囲の関係者には皆それぞれアリバイがあり、動機も無く、証拠不十分ということで、氷室の自殺と断定された。

それに美果――この婚約者の自殺の衝撃による後追い心中――という、この動機の方が自然である、ということで、これが決定因となった。

氷室の死を、最も喜んだのは蛭間神父だった。

人間の死を、こともあろうに神父が喜ぶとは、どういうことだろうか……。

しかし、美果の死はともかく、氷室まで死ぬということは、蛭間神父の計算に入っていなかった。そして、これは神父にとっては、思いもかけぬ嬉しい誤算だった。


蓮沼氏はすっかり力を落としていた。

娘の死によって、自分がいかに娘を愛していたかを悟った。もしかしたら、夫人以上に娘を愛していたのではなかったろうか……。

蓮沼氏の事業欲も、夫人のためというよりも、娘のためではなかったのだろうか。いや、確かに結婚当初は夫人のためであったかもしれない。しかし、娘が大きくなるにつれ、その比重は娘の美果の方に移っていったのではなかろうか……。

だが、蓮沼氏自身はそのことに気付いていなかった。夫人の肉体に惑溺することが、夫人を愛していることであると思い込んでいた。そして、夫人の肉体への惑溺は、近年ますますその度を加えていた。

しかし、娘の死によって、その肉欲にも大きな風穴が開いたように、空しかった。自分が拠って立つ地盤――大地が脆くも崩れていくような気がした。大地が割れて、穴が開いて、呑み込まれるなら、呑み込まれてもいいという気がした。

蓮沼氏は、その巨体をゆすって、子供のように慟哭した。

蓮沼夫人はどうだろうか……。

娘と、その婚約者の氷室――若い二人を相次いで失って――理解していると思っていた娘を、理解していなかったことに衝撃を受けていた。

そして、これはあるいは天罰――神が下された罰ではなかろうか……犯してはならない神父への愛を犯してしまったことへの、うしろめたさと、秘かな恐れを感じていただけに……許されぬ愉悦に耽ったことによって、神の怒りに触れたのだろうか……。

たしかに蓮沼夫人の反応は、半面は的を射ていたが、半面ははずれていた。

今や蓮沼夫人は謙虚さを取り戻し、本来の信仰に目覚めようとしていた。

砧もまた意気銷沈していた。

自分の傍で、二人もの人間が死ぬということ……医師としての無能さを思い知らされたような気がした。美果の中に、死に至るまでに切迫したもののあることを気がつかなかった、自分が悔まれた。

しかし、いつまでも悲しみに耽っているわけにはいかなかった。美果の死だけならともかく、氷室の死によって、砧は医師の直感によりただならぬものを感じた。

それに、氷室の死に様は尋常ではない。

あの死体を一度見た者は、生涯それを忘れることはできないだろう……。

かつてこの地上に実った、最も悪い腐った果実のように、逆さまにぶらさがっていた……。

左右の足首と両手首、そして頸《くび》に、計五本の紐で、枝から己れの身体を逆さまに吊り下げていた……巨大な蝙蝠か……あるいは大蜘蛛のように……。

そして、今思えば、それは雑木林のはずれであり、ちょうど蛭間神父の教会の尖塔が望み見える場所にあたっていた。氷室の死体の位置は、まさしくその場所にあった……蛭間神父の教会の尖塔を逆さまに見ながら吊り下がっていたのだ。

氷室の眼には何が映っていたのか……。

彼は何を見たのか……。

あるいは、何を見ようとしたのか……。

自ら重力の頸木《くびき》を脱することができないことを証明しようとしたのか……。

それとも、空＝虚空＝空無によって、その尖塔を支えている、逆立《さかだち》した教会を見ていたのだろうか……。

砧は、美果の遺書を読んだ時、美果の死の背後に、氷室ともう一人、他の人物が影のように存在していることが気にかかっていた。

いうなれば、第三の人物ともいうべき存在である。その人物が以外に大きな役割をしているのではないか……直接因とまではいかなくとも、いわば間接因といったような……。

美果を死に導いた陰の演出者……美果を生ける人形のように、背後でその糸を操った者…

…そうした者の存在が、砧の脳裏にチラチラと見え隠れしていた。それが明確なものでないだけに、砧は苛立っていた。

そこへ、氷室の死が追い打ちをかけてきた。

(もしも、この陰の人物が蛭間神父だとしたら……)

まさか、そんな筈はあるまい……そんな筈はあるまい……と思いながら、思えば思うほど、逆に今度は蛭間神父の像が、砧の意識に鮮明に浮かび上がってくるのだった。

陰画であったものが、現像液に浸されることによって、にわかに陽画に転じたように。否定すればするほど、その像は生きもののように、意識の底から焙り出されてくるのだった。

砧が自分でも知らないまま、意識の奥深く秘匿していたものが、今氷室の死によって点火させられ、堰を切って溢れ出てくるようだった。抑えようのない疑惑として……。

もしも、二人の死の原因に、蛭間神父の存在が係わっているとしたら……あのエデンの園で、アダムとイヴに知恵の木の実を授けた蛇のように……彼らの死因に、蛭間神父の誘惑なり、観念なり、あるいは存在が絡み付いているとしたら……。

これは、法律的には〈間接正犯〉ということにはならないか……。

しかし、ここまで推理して、砧は事の重大さに愕然とした。自分はこともあろうに神父を犯罪者に仕立てあげようとしている。いかに親しい者の死だからとはいえ、そしてその死が少しばかり異常で、いってみれば若さの驕りから、芝居がかって演じてみせたからといって、それをすぐ犯罪性に結び付けるなどということは、まして医師としての身であってみれば、あるまじきことではないのか。

砧は、自分がとんでもない思い違いをしている。冷静さを欠いた妄想に過ぎない、とその想念を追い払うのだった。

それに客観的な証拠など、なに一つないのだ。いうなれば、誰かを原因＝悪者に仕立てあげなければ気の済まない性癖からくるこじつけに過ぎない。

それにもしも、蛭間神父が間接正犯ならば、砧自身だって、まったく〈白〉とは言いきれまい。

そもそも事の起こりが、美果に〈瞑想歩行〉などを頼んだからではないのか……。

あるいは、もっと遡って、〈降霊祭〉にあるのか……いやいや、事の本当の原因は、自分がこの蓮沼家の別荘を訪れたことにあるのだ。

砧はそんなふうに、自身を責め苛むのだった。

砧は、いつか氷室が語った言葉を思い出していた。それはこんな意味のことだった。

《おれはオメガ点を大地に引き摺り下ろすための錘そのものになろう……オメガ点などはない……ただ〈虚点〉がある……虚点……そう……神の死の点……神の死の墓場……マイナスの……負の世界の入口……マイナス・エネルギーの磁場……すべてこの世の劣悪なるもの……下等なるもの……邪なものらを収斂することによって、それらをマイナスのエネルギーに変換する場》

オメガ点を否定するために、氷室が苦しまぎれに吐き出した、虚点の観念である。

とするならば、何者か第三者の手によって犠牲になったとするよりも、自らの観念を実行したとする方が、氷室の供養になるのではなかろうかと、砧は考えるのだった。

あれや、これや臆測しながら、砧は結局、真実そのものに達することはできないと思うのだった。

(われわれがなしうることは、真実にどれだけ近づくことができるか……と言うことに過ぎない……）

と砧は嘆じるのだった。

不分明な部分、不明確な部分が残るのは致し方がない。それに、もし仮に真実を知ったところで、死者が帰ってくるわけでもない。

砧は、若い二人の魂の鎮魂に、彼が以前に書いたキルケゴール論の一節を捧げようと考えた。そして、それはまた砧自身の揺れ動く心をも、それによって得心させようとすることでもあった。

その文章は次のように結ばれている。

《すなわち彼（キルケゴール）は〈神〉を選ぶことによって、レギーネ（婚約者）を断念せざるを得なかったのだ。なぜなら、彼にとってレギーネを選ぶことは、一方において〈神〉を断念することに他ならなかったからだ。彼はこの〈あれか、これか〉の二律背反という、一種の〈固定観念〉に捉えられていたのだ。ということは、それほどまでに、ものごとを固定観念化するほどまでに、対象に対して、また自己に対して潔癖だったということである。つまり、三角関係そのものに対して、神とレギーネのその双方に、また双方に対する彼の自己自身に対して、彼は真理であろうと欲したのである。

彼は神に対して自己を証すことを通して、そのことによって同時に、レギーネに対しても自己を証そうとしたのである。なぜなら、〈神に対して自己を証す〉という、このことこそ、彼にとって〈愛〉に他ならなかったからである。

だから、この〈愛〉は世俗的な意味での幸福とか、不幸とかという概念の範囲ではとらえることができない。また、好きとか、嫌いとかという感覚的、官能的な次元での〈愛〉でもない。まさしく〈実存〉という、それにふさわしい、新しい言葉、新しい概念を必要としたところの、彼にとってはそのように全存在的な愛だったのである。

すなわち、絶望という深淵によって、真っ二つに引き裂かれた愛、神への愛とレギーネへの愛と、まったく質的に相反する、この二つの愛の断絶は、それが真実であればあるほど、深淵は深まり、何ものによっても、それを埋め合わせることはできなかったのである……》

蛭間神父は、思わぬ事の成行に、神に感謝を捧げていた。

「〈神〉はまだ自分を見放してはいない……自分を必要としておられる……この事の成就こそ、

神が自分に下された答えなのだ……」

神父はそう念じ、確信した。

そして、さらにより一層、神の御力に仕えることを誓うのだった。

敬虔《けいけん》な祈りを捧げる神父の唇から、幽かな呟きが洩れた。

「最も下降することは、最も上昇することである……」

神父は震える指先で、祭壇の蠟燭に灯を点した。

5

小高い丘の斜面に、二つの墓標が建てられた。

砧がこの高原にやって来た時には、一面に夏草が生い繁っていたのに、今は茫《すすき》の穂が咲き乱れ、銀色の穂先が海の波のように揺れている。都会よりも一足早い、秋の気配が忍び寄っている……。

蓮沼家の別荘を辞す日、蓮沼夫人は砧に言った。

「あの娘《こ》の死は、神が私に下された罰ですわ……私は信仰の道に外れるところでした……あの娘が目を覚ましてくれたんだわ……私たちの迷いの犠牲になったのね……私の生甲斐は薔薇を育てることだけになったわ……あの娘の好きだった薔薇の花を、あの娘の墓に欠かさないように励みますわ……」


砧は蓮沼家の門扉を後手に閉めた。

そのまま振り返らずに行こうと思った。もし、振り返ったら、あのギリシャの神話のように、蓮沼家が消えてなくなっているかもしれない……そんな気がした。

棘でも刺さったのだろうか……指に微かな痛みを感じた。見ると、血が滲んでいた。

さっき、門扉を閉める時に、薔薇の棘が刺さったのだった。小さな血の雫が、指に凝結していた。

この痛みと、血の雫こそ、生きていることの証だ。

砧はその指を口に含んだ。

甘酸っぱいものが、喉の奥を通って行った。その時、蓮沼家の別荘を訪れた最初の日に出会った、薔薇の花たちに囲まれた美果の面影が、砧に思い出された。

この傷の痛みと、心の痛みを、自身の生の伴侶として、生きていこうと砧は思った。

螺旋状のなだらかな下り坂を降りていくと、雑木林の陰に蓮沼家の特長のある尖塔が、見え隠れしていたが、やがてそれも視界から消えていった。

跋

〈私小説〉でもなく、〈エンターテインメント〉でもなくて、その両項の条件を満足させるような〈小説〉……つまり実存的問題意識と、読物としての面白さを兼ねそなえた〈小説〉……そういう小説を書くことは、欲張り過ぎるであろうか。この小説はそのささやかな試みである。その結果については、読者の判断に委ねるしかない。

また、この作品の制作過程にあたって、冥草舎主人、西岡武良氏に適切な指示を得たことは忘れることができない。特に第二部の構成に関して思いあぐねていた時に、火急の時間を割いて、親切な御指導をいただけた事は、私にとっても、この作品にとっても幸運な出来事でした。

これまで支えてくれた家族、友人、知己の理解と支援がなかったならば、この作品もまたなかったも同然と思われる。この作品はその人々に捧げるものである。

この作品を出版することは、私にとっては第二の誕生ともいうべき《事件》なのである。

作品の出版にあたって、勁草出版サービスセンターの方々にお骨折りをいただいた事を感謝いたします。

一九八八年十二月

著　者

著者略歴

成澤　昭徳

昭和17年　生まれ
昭和38年　詩集《処女》思潮社刊
昭和45年　詩集《神秘》青土社刊
平成30年　小説『飛鳥《あすか》伝説』文芸社刊
令和２年　戯曲『背教者』文芸社刊
令和３年　小説『暗い館』22世紀アート社刊

薔薇の味

2025 年 3 月 31 日発行

著　者　成 澤 昭 徳
発行者　向 田 翔 一

発行所　株式会社 22 世紀アート
〒103-0007
東京都中央区日本橋浜町 3-23-1-5F
電話　03-5941-9774
Email: info@22art.net　ホームページ：www.22art.net

発売元　株式会社日興企画
〒104-0032
東京都中央区八丁堀 4-11-10 第 2SS ビル 6F
電話　03-6262-8127
Email: support@nikko-kikaku.com
ホームページ：https://nikko-kikaku.com/

印刷
製本　株式会社 PUBFUN

ISBN：978-4-88877-326-3